Alle unsere Tiere

AF130211

Marlies Vietmeier

Alle unsere Tiere

Hund, Katze, Maus

Bibliografische Information der Deutschen Nationalbibliothek
Die Deutsche Nationalbibliothek verzeichnet diese Publikation in der
Deutschen Nationalbibliografie; detaillierte bibliografische Daten sind
im Internet über http://dnb.dnb.de abrufbar.

© 2015 Marlies Vietmeier
Satz, Umschlaggestaltung, Herstellung und Verlag:
BoD – Books on Demand
ISBN 978-3-7347-8926-7

Ich möchte keinen Tag ohne ein Tier sein.

Tierliebe wird einem schon von seinem Engel mit auf die Welt gegeben.

Ich denke bei mir war das so. Und so lange ich mich zurückerinnern kann waren immer Katzen oder auch andere Tiere um mich herum.

Diese vielen schönen und auch traurigen Augenblicke möchte ich in diesem Buch erzählen.

Als Kind, so mit 3 Jahren, erinnere ich mich an meinen Kater Maxi. Es war eine Tigerkatze und immer irgendwie in meiner Nähe. Ganz besonders, wenn meine Oma mich zum Essen animiert hat und mir Leberwurstbrot servierte.

Das Brot hat sie liebevoll immer in kleine Dreiecke geschnitten, da hat es dann mir und dem kleinen Maxi besonders gut geschmeckt.

Ich weiß nicht was aus dem Maxi geworden ist. Ich kann mich nicht erinnern wie lange er bei uns war.

Dafür kann ich mich ganz genau erinnern an meine erste Katze – die ich für mich alleine beanspruchte. Und das kam so.

Wir wohnten gegenüber von einem Bauernhof auf einem kleinen Dorf mitten in Tirol. Und abends wurden wir Dorfkinder von den Mamas zum Milch holen geschickt. Auf dem Bauernhof gab es immer etwas zu entdecken, mal ein Kälbchen das gerade geboren wurde, mal junge

Kücken die liebevoll von der Altbäuerin auf dem Holzofen in der Küche gewärmt und beschützt wurden. Eines Tages hatte die Bauernhof-Katze junge Kätzchen. Ein schwarz-weißes Katzenmädchen hatte es mir angetan. Und ich setzte diese kleine Katze, nachdem sie ca. 8 Wochen alt war immer auf den Milchkannendeckel und trug mit der Milch auch die kleine Katze nach Hause. Ich taufte sie auf den Namen Minka.

Aber ohne Pardon musste ich die kleine Minka jeden Abend wieder zum Bauernhof zurücktragen. Meine Mutter wollte keine Katze mehr im Haus haben.

Jeden Abend das gleiche Spiel – Katze auf dem Milchkannendeckel mitgenommen – Katze ein bisschen gestreichelt und liebkost – etwas Feines zum fressen angeboten – und dann das bittere Ende – ab zum Bauernhof mit meiner Minka.

Jeden Abend vor dem Einschlafen habe ich ganz fest an die kleine Katze gedacht und gehofft, dass ich sie Morgen behalten durfte. So ganz für mich alleine.

Eines Tages konnte auch meine Mutter das „Elend" nicht mehr mit ansehen und hat mir erlaubt Minka zu behalten.

Ich war glücklich – endlich, endlich durfte ich MEINE Minka behalten.

So vergingen einige Monate und eines Tages bekam Minka ein Baby-Kätzchen.

Ich bin morgens ganz früh aus meinem Bett gesprungen und habe die kleine Katze mit in mein Bett genommen.

Mein Opa hat mir erklärt, wenn ich Minka und das Baby-Kätzchen störe, dann geht Minka fort und nimmt das Baby mit. Oma hat Minka ein ruhiges Plätzchen eingerichtet. Das kleine Kätzchen war ein Kater. Ich taufte ihn auf den Namen Peterle.

Peterle wuchs heran und war dick und kugelrund, gut gepflegt und behütet von seiner Mama Minka.

Dann kam die Zeit wo Peterle lernen sollte, wie man Mäuse fängt.

Stundenlang musste der kleine Kater neben der sehr strengen Mama Minka vor einem Mauseloch in Nachbarsgarten sitzen und auf einen Ausflug einer Maus warten.

Ihm war das alles viel zu mühsam. Und eh er sich versah bekam er von Mama Minka eine Ohrfeige. Der kleine Kater war übersät von Hackern die für seine Erziehung durch die strenge Katzenmama „notwendig" waren.

Meine Mutti hat den kleinen Kater dann verarztet und mit Heilsalbe die Hacker versorgt.

Aus dem kleinen Kater wurde ein stattlicher großer Kater – ein Tigerkater mit weiß.

Zeitweise hat er sich mit seiner Mama gut vertragen, zeitweise waren die beiden Feinde.

So vergingen einige Jahre. Minka gab es nicht mehr und eines Tages war auch Peterle verschwunden. Ich erinnere mich noch sehr genau, ich habe tagelang gesucht, gerufen, gelockt, Futter in den Garten und auf das Fensterbrett gestellt. Keine Spur von Peterle.

Eines Tages fanden wir beim Spielen das Peterle in einem Schuppen – er war tot.

Wir wissen nicht genau was passiert ist – aber mein geliebter Kater war nicht mehr.

Es schmerzt mich heute noch wenn ich an diesen Anblick denke. Und ich könnte heute noch heulen.

Das Leben ist manchmal grausam und als kleiner Mensch ist es doppelt so schwer zu begreifen, dass der geliebte Kater nie mehr mit einem im Bett kuscheln würde, nie mehr einem um die Beine streichen wird. Man glaubt man wird nie, nie wieder ein Tier so lieb haben wie diese Katze.

Peterle und ich hatten einen Geheimcode. Ich mochte schon als Kind keine Milch. Und Peterle liebte es bei mir im Bett zu kuscheln und wir verbrachten so manche Nacht miteinander. Meine Mutter hat das eigentlich nicht geduldet, aber wir zwei fanden immer einen Weg. Also rief ich aus meinem Bett meiner Mutter zu: ich habe noch Durst.

Gut, sagte diese, dann kriegst du ein Glas Milch.

Wie erwähnt, für mich war Milch das Grausigste von allen Lebensmitteln.

Aber Peterle hat irgendwo gelauert und auf meinen Ruf nach Milch gewartet. Ich weiß bis heute nicht, wie der Kater es geschafft hat meine Mutti zu überlisten und von ihr unbemerkt zu mir ins Zimmer zu huschen.

Sobald ich das Glas Milch mit Todesverachtung ausgetrunken hatte und meine Mutter mein Zimmer verlassen hatte, kam trippeltrapp der Kater zu mir ins Bett. Wir kuschelten uns aneinander und schliefen so friedlich und glücklich bis zum Morgen.

Jahre vergingen und ich bin nach Hamburg übersiedelt. Mein damaliger Freund (und seit 1974 mein Mann - und so Gott will bis an unser Lebensende) war bei der Marine und ich war oft alleine. Da haben wir uns in einer Tierhandlung umgeschaut, denn ich wollte unbedingt ein Tier haben, das zu meiner damaligen Lebenssituation passte. Also Katze kam nicht in Frage, da ich ja berufstätig war und die Katze wäre alleine gewesen, Außerdem konnte ich sie ja in der Stadt nicht laufen lassen. Also ein Tier in einem Käfig, abends munter – also ein Hamster.

Ich nannte ihn Muggi. Und mein Muggi hat mir gleich einmal gezeigt, dass auch so ein kleines Hamsterkind eine Persönlichkeit ist und nicht so einfach raus genommen werden will zum schmusen. Er hat mich in die Fingerkuppe gebissen. Das war sehr schmerzhaft – aber ich habe es überlebt und fortan den kleinen Macho voll respektiert. Nach einiger Zeit war er handzahm und sehr anhänglich.

Er durfte unter unserer Aufsicht frei herumlaufen und wir haben nicht nur einmal den Wohnzimmerschrank wegrücken müssen, da der kleine Muggi hinterm Schrank die Stofftapete hochgekraxelt ist und nicht mehr vor und zurückkam. Also Schrank ausräumen, jedenfalls die schwersten Sachen, abrücken und Hamster aus seiner misslichen Lage retten.

Er hat uns sehr viel Freude bereitet. Leider dauert ein Hamsterleben nicht allzu lange und auch da gab es Tränen zum Abschied.

Dann kam der Tag wo mein Mann Richtung Basel aufbrechen sollte um dort eine technische Schule zu besuchen. Am Sonntag zuvor haben wir mit unseren Freunden und Nachbarn Abschied gefeiert oder besser getrauert. Rudi und Irmi. Rudi hatte 3 Herzinfarkte überlebt und beide waren sehr, sehr tierlieb und züchteten Zwerghäschen, Nymphensittiche, Wellensittiche. Sie hatten einen Chow-Chow und eine Katze namens Minka. (So schließt sich manchmal der Kreis).

Ein Paradies für mich und auch für meinen Mann Peter.

Wir saßen gemütlich im Garten und Rudi gab mir einen kleinen Zwerghasen in den Arm – einen Wienerblau. Den ganzen Nachmittag saß dieser kleine Hase bei mir und als es Zeit zum Verabschieden war, sagte Rudi zu mir: der gehört ab sofort Dir, der fühlt sich so wohl bei Dir, das ist mein Abschiedsgeschenk.

Also wurde ein Käfig organisiert, Futter, Heu, ein Wasserspender und ich konnte mein Glück gar nicht fassen, ich hatte einen kleinen, süßen Babyhasen – Wienerblau. Ich nannte ihn – wie originell Muggi.

Dann kam der Tag wo auch ich nach Basel fuhr. Meine Ente – 2CV – hatte ich verkauft – und bin mit dem Zug gefahren. Käfig, Heu, eine Reisetasche für mich, eine Reisetasche ausgestopft mit Heu und dem kleinen Muggi als Inhalt. So ging es los.

Unterwegs saß der kleine Muggi natürlich auf meinem Schoß und hat ab und zu etwas Wasser getrunken, ein bisschen Heu geknabbert. Die Leute haben bestimmt gedacht, die hat sie nicht mehr alle. Aber das war mir egal – was interessieren uns Menschen die Tiere nicht mögen und nicht respektieren. Manche haben zustimmend gelächelt und fanden es ganz süß.

In Basel angekommen hat mich mein Peter abgeholt und hat Muggi und mich in unsere kleine Wohnung über Basel gebracht. Muggi war unser Mittelpunkt. Er ist mit uns in den Garten gegangen und hatte auch sonst sehr viel Freiheit in der Wohnung. Abends beim fernsehen saß er mal auf Peters Schoß mal bei mir.

Ein Schulkollege von Peter, Christian, ich sehe ihn noch vor mir in seiner Motorrad-Leder-Kluft, hat sich in unseren Muggi verliebt. Ab und zu klingelte es abends spät noch an unserer Haustüre und Christian stand davor. Darf ich euren Muggi ein bisschen „hubbeln". Er war so fasziniert, dass so ein süßer kleiner Hase so anhänglich sein kann. Dieser hat es natürlich auch sehr genossen.

Eines Tages sind wir wieder nach Hamburg gefahren – in den Semesterferien. Rudi hat gemeint bringt den Muggi mit, dann kann er zu einem Weibchen in den Stall.

Gesagt, getan, Muggi war ja ein Reisekaninchen. Er war gut aufgehoben in seinem Käfig mit extra viel Heu.

Als wir vor dem Haus unserer Freunde vorgefahren waren hat Assi die Chow-Chow-Hündin gebellt und einen Tanz aufgeführt. Dass Rudi sagte, Assi tut gerade so als ob Marlies und Peter da wären. (Sie wussten nämlich nicht genau an welchem Tag wir nach Hamburg kommen wollten.) Da kannte das Tier noch das Geräusch von unserem Auto und hat sich unwahrscheinlich gefreut. Tiere vergessen nichts, Gutes und auch Böses nicht.

Tja unser Muggi bekam ein schönes Urlaubsquartier bei einer hübschen Kaninchendame.

Der Tag unserer Abreise kam. Muggi hatte sich erkältet. Er war ja nun mittlerweile das südliche Klima gewohnt und die steife Brise im Norden war nichts für ihn. Obwohl der Käfig in einem Stall war und eigentlich vor Wind und Wetter wirklich gut geschützt war.

Wir fuhren sofort mit ihm zu einem Tierarzt. Der hat ihm Etwas gespritzt damit er die Erkältung überwinden sollte und gut gerüstet war für die Reise die uns nach Tirol zu meiner Familie führen sollte.

Muggi saß auf meinem Schoß und plötzlich hat das Tierchen noch tief geschnauft und verstarb in meinen Armen. Ich war geschockt, verzweifelt, konnte keinen klaren Gedanken fassen.

Also runter von der Autobahn und einen schönen Platz für ein Grab finden.

Nun beerdigen Sie mal einen kleinen Hasen, ohne Schaufel, ohne Alles und mir war kein Platz schön genug.

Da haben wir Straßenarbeiter getroffen und Peter hielt an und bat diese um eine Schaufel. Die haben ihn nur entgeistert angeschaut, haben ihm aber eine Schaufel gegeben.

Dieses Problem hatten wir also gelöst – nun fehlte nur noch ein schönes Plätzchen.

Na zu guter Letzt haben wir auch dieses noch gefunden, die Schaufel zurückgebracht und ich habe von da ab, das war so ungefähr in der Höhe von Kassel, bis nach Tirol nur geheult und geschnieft.

Als wir dann die Grenze zu Tirol in Scharnitz passieren wollten, fragte mich der Zöllner: was ist das denn? Ein Hasenkäfig Und was ist das da? Hasenfutter. Was ist DAS?

Heu für den Hasen. Und wo ist der Hase?

Ich brauche ihnen nicht zu erzählen, der Mann kam sich ziemlich verschaukelt vor. Aber ich konnte und wollte nicht mehr erzählen. Dieser Zöllner jedenfalls hat unser Auto und unser Gepäck sehr genau kontrolliert und sein Gesicht und sein Umgangston waren nicht mehr sehr freundlich.

Der Hasenkäfig blieb bei meinen Eltern in Tirol und wurde dann ein Lazarett für eine Amsel mit einem gebrochenen Flügel.

Zurück bei Basel, die leere Wohnung, kein Muggi mehr da. Alles war trostlos und ich war auf der Suche nach einem Tier. Willi vom Rührberg wusste Rat. Seine Eltern hatten einen Bauernhof und die Hofkatze hatte gerade Junge. Also wir dahin.

Die Bäuerin sagte: S'Büsi isch im Chirsigrotten. Was übersetzt heißt die Katze ist im Kirschenkorb. Wir dahin und s'Büsi war mit 4 kleinen Rackern im Kirschenkorb. Ich wollte sofort eine kleine schwarze Katze haben – schwarz wie der Teufel. Da kam ein kleines weißen Knäuel an und wollte auch an Katzenmamis Milch. Diese hat die kleine Katze immer weggeschubst. Das kleine weiße Knäuel sah nicht gut aus. Es war sofort klar, wir nehmen diese kleine Katze sofort mit. Die Bäuerin hat dann noch gesagt, die kleine Katze ist krank, daher darf sie nicht mehr bei der Mutter säugen. Die stirbt halt.

Na das war das Stichwort für mich. Wir ab zum Tierarzt – Dr. C. – in Lörrach. (Wir verehren diesen Tierarzt heute noch!) Er hat uns erklärt, dieses weiße, kleine Bündel Katze hätte einen Angora-Einschlag. Das erkenne man daran, dass sie am Kopf ein paar schwarze Härchen hatte und sonst ein etwas längeres weißen Fell. Wir haben die kleine Katze aufgepäppelt und sie wurde zu unserem Lebensmittelpunkt. Sie hat sich prächtig entwickelt – nur sie konnte nicht miauen. Wenn sie was sagte, dann war es brau, brau, brau.

Sie kam ja vom Rührberg, das ist ein besonderer Menschenschlag da am Rührberg. Die Rührberger haben früher mal in der Region Angreifen von weiß Gott woher in die Flucht geschlagen. Dementsprechend selbstbewusst und stolz waren auch die Tiere vom Rührberg.

Tina, so nannten wir die Katze war Peters Katze. Er hatte oft freie Stunden und somit war er die Bezugsperson für unsere Tina.

Nachmittags haben oft 3, 4 Mitschüler sich bei uns getroffen zum lernen. Tina saß mitten drin. Wo ist mein Physikbuch? Ach da sitzt die Tina drauf. Nein lass sie sitzen, ich hole meines aus dem Auto. Tina war der Liebling Aller und aus dem kleinen weißen Bündel wurde eine stattliche große Katze. Sie lief mit uns wie ein Hund mit. Sie war größer als mancher Dackel. Und wenn wir bei Basel durch die Weinberge spazierten, sagte so mancher Weinbauern: oh schau mal der schöne Hund. Oh noi, sisch a Büsi.

Einmal hat unser Büsi so mehr als Versehen eine Maus gefangen. Die Maus war sofort tot. Sie kannte das Prozedere ja nicht, was sonst so Katzen mit Mäusen anstellen. Gott-Sei-Dank.

Peter spazierte voraus, Tina in der Mitte, ich als Nachhut.

Nur unsere Tina hat sich geweigert ohne IHRE Maus weiterzugehen. Ich rief Peter zu, er solle warten, Tina hat eine Maus gefangen. Der dachte ich scherze.

Also was blieb mir übrig. Ich pflückte ein Blatt und nahm mit Verachtung die Maus beim Schwanz hoch und weiter ging es.

Irgendwann vergaß unsere Tina die Maus und ich konnte sie wegwerfen. Ich denke ein anderes Tier hat sich über die Nahrung gefreut.

Ich arbeitete in der Sparkasse Lörrach. Weltspartag war früher noch ein richtiges Ereignis und kleines Fest für Kinder. Für uns ein Stresstag – aber irgendwie auch schön. Unser Chef hat uns am Ende vom Weltspartag immer zu einem ganz besonderen Essen zu sich nach Hause eingeladen. Seine Frau hat gekocht und liebevoll die Tische gedeckt. Ein schöner Brauch um Danke zu

sagen. (Könnte sich mancher Chef ein Beispiel nehmen!)

Ich bin so gegen 23.30 nach Hause gekommen. Tina hat
sich herrlich amüsiert in unserer Küche. Ein Gummiband
hat sie zwischen Pfoten und Mäulchen gehalten und dann
losgelassen und das Gummi ist durch die Küche „geflitzt".
Nur einmal flog das Gummiband in die falsche Richtung
und gegen ihr Mäulchen. Das muss sehr schmerzhaft gewesen sein. Jedenfalls unsere Tina hat das Gummiband
aus Wut gefressen. Ich habe das „Fressen" noch mitbekommen. Zum Glück.

Am Morgen ging es unserer Katze sehr schlecht. Wir
sofort zu unserem Dr. C. Er stellte fest, dass das Gummiband sich zwischen Magenausgang und Darm ver-
klemmt hatte und es musste operiert werden. Wir haben
gebeten, dass er unsere Tina gleich noch sterilisiert, denn
sie war dafür im richtigen Alter. Wir wollten dem Tier
nicht noch eine Narkose und Operation zumuten.

Sie blieb für ein paar Tage in der Tierklinik. Als wir
sie nach Hause holten, sollte sie etwas ruhig sein, nicht
sofort rum springen wie eine Verrückte. Nur sagen sie
das mal einer Katze. Unsere Tina war so glücklich wieder
zuhause zu sein und sprang von Zimmer zu Zimmer,
auf die Couch, auf den Schreibtisch, wieder runter, da
rauf.…… Es war so schön wieder zuhause zu sein. Als sie
sich dann beruhigt hatte stellten wir zu unserem Ent-
setzen fest, dass ihr Bäuchlein rot/blau wurde. Ich habe
sofort in der Tierklinik angerufen. Die konnten mich
beruhigen und haben mir erklärt, dass es sich dabei mit
Sicherheit um einen Bluterguss handeln würde.

So war es dann auch.

Wir haben sehr viel Geld ausgegeben für die Operation und den Klinikaufenthalt. Peter ging ja zur Schule, ich habe alleine verdient. Aber wir hätten auch wochenlang uns nur von Kartoffeln ernährt, wenn es nötig gewesen wäre. Das war uns unser Tier einfach wert.

Unsere Tina war eine Reisekatze. Sie liebte es über alles mit uns Auto zu fahren. Wir sind sehr oft nach Tirol zu meiner Familie gefahren. Und manchmal habe ich mit ihr auch eine Extrarunde gedreht. Autofahren war sooo schön.

Ich erinnere mich noch an eine Begebenheit. Unsere Tina in Tirol im Garten von meinem Elternhaus. Mein Onkel Martin hatte im Garten sein Auto stehen. Unsere Tina musste natürlich alles ganz genau erkunden. Auch die Unterseite von einem Auto.

Jetzt stellen Sie sich mal vor, eine schneeweiße langhaarige Katze und eine ölverschmierte, dreckige Autounterseite. Unsere Katze war schwarz – nur noch ein paar hellere Flecken verrieten dass es sich um unsere Tina handelte.

Wir haben gerade einen Ausflug gemacht und unsere Oma war unsere Katzensitterin. Oma hat das dreckige Katzenmädchen mit ins Haus genommen und hat sie gewaschen.

Als wir vom Ausflug zurückkamen, hat uns die Oma die Geschichte erzählt und hielt uns eine saubere Katze entgegen. Nur, sagte unsere Oma, diesen schwarzen

Fleck auf dem Kopf den habe ich nicht sauber gekriegt. Das waren die schwarzen Härchen, die den Persereinschlag unserer Katze verriet. Oma hatte bei der „Katzenwäsche" die Brille nicht auf gehabt.

Seit diesem Tag hasste unsere Tina den Föhn. Wenn sie alleine schon das Geräusch eines Föhns hörte war sie weg wie der Hut.

Ein Erlebnis hatten wir einmal am Ende eines Wanderausfluges mit unserer Tina.

Wir sind mit meinem kleinen italienischen, roten Flitzer gefahren. Tina wie immer auf der Hutablage – wie ein Stofftier – dekorativ. Hinter uns fuhr ein Auto – wir kamen uns richtig verfolgt vor. Als wir bei unserer Wohnung, hoch über Basel, angekommen waren sprang eine junge Frau aus dem Auto, das uns so hartnäckig verfolgt hatte und sagte: sie haben da meine Katze im Auto. Das ist meine Katze.

Ich dachte ich bin im falschen Film. Diese Katze auf der Hutablage war eindeutig unsere Katze!

An Hand der Operationsnarben konnten wir der jungen Frau beweisen, dass das unsere Tina war. Enttäuscht und wieder um eine Hoffnung ärmer ist die junge Frau dann nach Hause gefahren.

Kurz vor einer ziemlich schweren und wichtigen Prüfung war Peters Kopf so voll und das Lernen fiel schwer. Da hatte ich die glorreiche Idee mit Tina raus zu fahren und einen schönen großen Spaziergang zu machen. Danach musste ja das Lernen wieder leicht fallen.

Also wir Drei los – ab ins Auto und zu einem schönen Platz. Der Mais stand noch sehr hoch.

Die anderen Felder waren abgeerntet und am Rande eines Feldes war das Stroh zu einem riesigen Haufen aufgetürmt.

Wir spazierten los – unser Weg führte uns an einem Nussbaum vorbei. Am Boden lag eine Walnuss. Ich konnte die Nuss nicht aufbekommen. Peter klopfte mir die Nuss dann zwischen 2 Steinen auf. Während dieser Prozedur ist unsere Tina verschwunden.

Wir haben gesucht, gerufen, gelockt, geschimpft – keine Spur von unserer Katze.

Dann kam ein freundlicher, älterer Herr mit Dackel. Er hatte zwar unsere Katze nicht gesehen, aber sein Dackel der würde sie schon finden. Der kann nämlich Spurenlesen.

Er hat 100-Spuren gelesen und verfolgt – wir hinterher. Nur keine Spur führte zu unserer Ausreißerin. Wir haben die Maisfelder durchwandert – den Strohberg durchwühlt. Nichts!

Es wurde schon dunkel – und morgen war ja die wichtige Prüfung. Also was tun. Wir kamen auf die Idee ins Dorf zu fahren und dort in den Gasthof zu gehen und den Herren am Stammtisch unser Leid zu klagen, verbunden mit der Bitte uns zu verständigen, falls eine schneeweiße, langhaarige Katze auftauchen sollte.

Jeder der anwesenden Herren hatte die weiße Katze irgendwo anders gesehen.

Bevor wir das Gebiet verlassen haben, sind wir nochmals zu der Stelle gefahren wo unsere Katze abhanden kam.

Im Scheinwerferlicht sahen wir am Rande eines Rübenfeldes zwei Punkte aufleuchten.

Wir haben die Autotüre geöffnet und unsere Ausreißerin kam ganz schnell angerannt, so schnell sie die Katzenfüße getragen haben.

Rein ins Auto – auf die Hutablage – kein Mucks war zu hören. Und wir waren auch zu glücklich um mit ihr ein paar Takte Klartext zu sprechen. Außerdem hätte es ja sowieso nichts genützt – sie ist ja eine freie Katze – noch dazu vom Rührberg.

Unser Büsi liebte nicht nur Veränderungen, Autofahren, nein sie liebte auch Wasser über alles. Wenn wir mit ihr so über Land spaziert sind galt unsere Aufmerksamkeit den kleinen Wasserläufen neben den Feldwegen. Denn manchmal gab es eine Untertunnelung dieser kleinen Rinnsale und unsere Tina verschwand mit dem Wasser in der dunklen Röhre. Das waren dann immer die Momente, wo wir wirklich die Leine an das Halsband gemacht haben. Denn unsere Katze wieder aus dem „grausligen" dunklen Wasserlauf zu bekommen glich einem Geduldsspiel – wie Mikado. Und Katzen haben Geduld...................

Auch liebte sie es am Rand der Badewanne zu spazieren, besonders wenn ich mein „Schönheitsbad" genommen habe. Und ganz besonders spannend fand sie es, wenn der Schaum knisterte und sich so langsam aufgelöst hat. Ich hatte immer Sorge, dass sie eines Tages auch im Schaumbad landet. Aber das ist nie passiert, dafür war sie viel zu geschickt.

Die Schulzeit war zu Ende – unsere Tage in unserer kleinen Wohnung über Basel waren gezählt. Peter hatte eine Arbeit gefunden in Stuttgart bei einer amerikanischen Computerfirma. Da hieß es für uns übersiedeln.

Wir haben uns ein kleines Reihenhaus gekauft – ca. 25 km südlich von Stuttgart.

Der Umzug war für unsere Tina ein Traum. Denn entgegen sonstigen Aversionen anderer Katzen gegen Veränderungen, liebte sie Veränderungen und Autofahren.

In dem „großen" Haus hat sie sich sofort eingelebt und auch der Garten war ganz nach ihrem Geschmack. Da erhielt sie dann auch den Beinamen „Schlägerlilly". Denn sie hat kein anderes Tier, speziell Katzen, neben sich geduldet.

Unsere Nachbarn hatten einen schwarzen, ganz lieben Rüden, namens Nicky, aus dem Tierheim geholt.

Er hat uns sofort als Freunde anerkannt. Und komischerweise kam er auch mit unserer Tina, alias Schlägerlilly, gut zurecht. Er durfte sogar von ihrem Fressnapf fressen, aber nur, wenn sie das Fleisch zwischen Reis und Gemüse raus gegessen hatte. Reis und Gemüse durfte er liebend gerne stehlen.

Nur eines Tages kam Nicky zu früh. Es waren noch ein paar Rindfleischstücke im Fressnapf. Da wurde unsere Katze bitterböse und hat ihn verfolgt. Er flüchtete nach Hause. Leider war die Terrassentüre zu und somit seine

Flucht zu Ende. Das Ende vom Lied war, er bekam einen Hacker und hatte von nun an einen großen Respekt vor dem weißen „Ungeheuer" aus dem Nachbarhaus.

Mittwochnachmittag hatte ich immer meinen freien Tag. Als ich zuhause war kam unsere Tina mit Etwas in der Schnauze nach Hause. Das Etwas hat sich um ihr Mäulchen gewunden und sah aus wie eine Schlange. Sie verschwand mit ihrer Beute im Keller.

Ich ekle mich vor Schlangen und habe einen großen Respekt davor.

Was nun? Ich stand ratlos und kreidebleich auf der Terrasse. Meine Nachbarin, Nickys Frauchen, hat mich gesehen und wollte helfen. Sie rief ihren Sohn: Philipp bitte hilf, die Tina hat eine Schlange gefangen.

Plötzlich sahen wir Philipp auf der Apfelwiese stehen, mit der Leine in der Hand aber ohne Hund daran. Trotz allem mussten wir so herzlich lachen. Philipp hatte auch Angst vor Schlangen und wollte ganz schnell mit Nicky Gassi gehen – er hat nur in der Eile den Hund vergessen. Die Schlange entpuppte sich dann als harmlose Blindschleiche.

Unsere Nachbarkinder Conny und Philipp hatten auch einen blau/gelben Wellensittich.

Dieser Wellensittich durfte bei schönem Wetter im Sommer an einem schattigen Platz auf der Terrasse sein.

Unsere Tina schlich sich dann immer an. Ihre Ohren und der Käfigboden waren eine Linie. Der Sittich war aber überhaupt nicht ängstlich und hat sich aus dem Raubtier vor seinem Käfig überhaupt nichts draus gemacht. In Gedanken hat unsere Tina den Vogel schon 100mal gefressen. Ich sagte zu Philipp: kannst Du den Käfig etwas sichern. Denn wenn Tina ihn umwirft geht vielleicht das Türchen auf und der Vogel ist entweder weg oder landet im Katzenrachen. Er schaute mich treuherzig an und meinte: nein, so WAS macht die Tina nicht.

Als ich am nächsten Tag über die Hecke schaute, sah ich dass die Kinder eine Wäscheklammer an das Käfigtürchen gemacht haben. Bei aller Liebe, wenn unser „Raubtier" gewollt hätte, hätte auch die Wäscheklammer nichts genützt. Aber es ging gut – nichts ist passiert. Was mich wiederum sehr gewundert hat. Aber vielleicht war es das Gottvertrauen der Kinder das den kleinen Vogel geschützt hat.

Nicky war ein ganz besonders lieber Hund. Er hatte nur schreckliche Angst vor Besenstielen. Da er aus dem Tierheim kam glaubten wir, dass er vorher misshandelt wurde.

Silvester. Unsere Nachbarfamilie wollte die Silvesternacht woanders verbringen. Nur da konnte Nicky nicht mitgenommen werden. Kein Problem wir kümmern uns um ihn.

Kurz vor Mitternacht bin ich zu ihm gegangen und bin bei ihm geblieben bis der letzte Knaller verhallt war. Er liebte frische Wäsche und ganz besonders Socken. Sein Frauchen hatte ihm erlaubt auf dem Bett zu liegen, umgeben von ein paar Socken.

Am 1.Januar morgens wollte ich mit Nicky Gassi gehen. Aber er wollte auf gar keinen Fall. Erstens konnte er die Socken nicht alleine lassen und außerdem sollte ja vormittags die Familie zurückkehren.

Was tun? Da kam ich auf die Idee und klingelte an der Haustüre. Nicky kam an im Galopp. Und dann ging er freiwillig und glücklich mit mir spazieren. Auch lagen so viele schöne Stäbchen auf den Gehwegen. Er wollte sie alle mitnehmen.

Als wir zurück waren, war seine Familie schon da und die Freude riesengroß.

Winter war für unsere Tina IHRE Jahreszeit. Sie konnte stundenlang unterm Vogelhaus sitzen und es gab keine Fliegen, Bienen und Wespen im Winter. Die mochte sie nämlich überhaupt nicht. Wenn es nur sssssss machte in ihrer Nähe, war sie weg.

Da sie weiß war hatte sie eine richtige Tarnfarbe, dachte sie. Die Vögel haben oft absichtlich einen Angriff „geflogen" um sie zu ärgern. Denn ihr wollweiß war natürlich gut zu sehen in dem weißen Schnee. Das war spannend, das war ihr Fernsehen, ihre Abwechslung.

Wir mussten uns in unserer neuen Heimat auch wieder einen guten Tierarzt suchen und fanden auch einen. Als wir das erste Mal mit unserer Tina wegen einer Impfung da waren und den Impfausweis vorlegten, war der Tierarzt ganz außer sich. Er sah natürlich die Stempel von unserem Dr. C im Impfpass. Die beiden waren Studienkollegen und dicke Freunde, haben sich nur aus den

Augen verloren und unsere Tina hat die zwei wieder zusammengebracht. So klein ist manchmal die Welt.

Tierärzte waren für unsere Tina immer etwas zum JAGEN. Nur Dr. C hat sie verehrt und sogar mit ihm geschmust – nur alle anderen Tierärzte waren für sie Beute die man mit den Krallen tief verletzen konnte. Und vor allem der Tierarzt im Stuttgarter Raum hat oftmals einen Hacker abbekommen.

Eines Tages habe ich mir das Sprunggelenk gebrochen – bei einem Tanztraining. Das Haftpulver war schon von unseren Schuhen „aufgesaugt" und das Parkett ziemlich rutschig.

Wir hatten den ganzen Abend eine Figur eingeübt von einem lateinamerikanischen Tanz.

Zum Abschluss sollte es noch etwas RUHIGES sein – ein Wiener Walzer also. Das war's dann mit der Tanzerei.

Ich musste operiert werden und landete in der Klinik. Meine einzige Sorge war die Katze. Wurde sie auch gut versorgt? Sie ist so einsam, wenn ich mittags nicht 2 Stunden bei ihr sein kann. Hoffentlich überlebt sie die Zeit ohne mich!

Aber sie war ja Peters Katze – das beruhigte mich dann immer wieder.

Nach 14 Tagen durfte ich nach Hause. Ich bin auf den Krücken ins Haus und geradewegs auf meine Katze zu gehumpelt. Nur die Katze hat sich umgedreht und ist vor mir weggelaufen.

Ich musste mich hinsetzen und habe Krokodilstränen vergossen. Meine Tina dreht sich um und geht weg!

Es kam die Osterzeit. Ich hatte ja richtig Zeit – das erste Mal in meinem Leben – so richtig Zeit. Bewegen konnte ich mich nur auf den Krücken. Da wollte ich unbedingt für den Osterstrauß 30 Eier ausblasen und mit Wachsplatten verzieren.

Nachdem ich die 30 Eier ausgeblasen hatte, war mir schwindelig wie noch nie zuvor. Und ständig musste ich mit Tina um die Eier „kämpfen". Sie fand diese so schön zum spielen.

Irgendwie habe ich es geschafft die Eier mit Wachs schön zu gestalten. Die mussten natürlich sofort aufgehängt werden. Unsere Tina stand davor. Ich schaue nur mit den Augen Frauchen! Ich schaue, versprochen, nicht mit den Pfoten! Aber sowie ich mich umgedreht hatte war wieder ein Ei vom Strauß verschwunden und wurde durch die ganze Wohnung gekickt.

Unsere allerbesten Freunde, Edith und Ossi, wohnten unserem Reihenhaus gegenüber. Die Beiden hatten einen kleinen, süßen Zwergpudel. Babsi. Ein ganz liebes, feinfühliges Tierchen.

Ab und zu ist das Babsilein nicht mit ihrem Herrchen auf Tour gegangen und hat mich besucht. Ich saß im Wohnzimmer auf der Couch, die Krücken griffbereit, Babsi auf meinem Schoß, Tina an meiner Seite. Beide haben mich gut betreut. Und wenn ich mich bewegt habe, dann hat Babsi leicht gebrummt – so nach dem Motto bleib bloß so sitzen – es ist so schön gerade. Und Tina dachte bei jeder Bewegung von mir sie bekommt ein Leckerli.

Babsi war sehr eitel und gerne schön. Herrchen hat das Haare schneiden übernommen um dem Tierchen den Besuch beim Hundefriseur zu ersparen. Er konnte das wirklich perfekt. Und dann kam Babsi ganz stolz an und hat sich richtig präsentiert. Daheim ist sie ständig vor dem großen Spiegel in der Garderobe gestanden und hat sich betrachtet.

Babsi war ab und zu scheinschwanger. Dann hat sie ein Nestchen gebaut und einige von ihren Spielsachen waren ihre Kinder. Vor allem das Julchen (ein weißes Quitscheschäfchen) hat viel mitgemacht. Wenn Babsi wütend war hat sie das Julchen genommen und geschüttelt und geschüttelt. Auch ein alter Steifteddybär gehörte zu ihrer Kinderschar. Wenn sie uns besucht hat, musste der Teddy fast immer mit. Sie konnte ihn kaum tragen, schleifte ihn fast auf dem Boden, aber sie wollte ihn unbedingt alleine tragen.

Der Anblick war so niedlich – den werde ich auch nie vergessen.

Komischerweise hat sich unsere Schlägerlilly mit Babsi ganz gut vertragen.

Ein schöner Sommer und wir haben an einem Samstagabend einen Grillabend veranstaltet. Unsere Freunde, Edith und Ossi kamen mit Babsi und ein Arbeitskollege von Peter, Rudi kam mit seiner Frau und COCO einem Graupapagei.

Für Babsi und Tina hatte ich ja etwas Gutes reserviert, denn die Tiere sollten ja auch einen schönen Abend haben. Nur für den Papagei war ich erst ratlos. Da fiel mir ein COCO liebte Popcorn über alles. Also besorgte ich Mais und ein alter Topf musste daran glauben.

Ich stellte diesen alten Topf auf den Grill, ein paar Maiskörner hinein und es knallte – fast so wie zu Silvester.

Coco war „very amused" über seinen Grillteller.

Ein paar Tage später hat mich sein Frauchen angerufen und hat mir erzählt, Coco will sein Popcorn nur noch frisch zubereitet essen. Sie muss also täglich für ihn frisches Popcorn „knallen lassen". Ich glaube sie hat mich verwunschen wegen meiner Idee mit dem Popcorn.

Dieser Papagei war sowieso eine Marke für sich.

Wenn Besuch kam, hat er gefragt: wer bisch denn du? So im breitesten Schwäbisch.

Er fragte solange, bis man ihm sagte wer man ist.

Darauf kam dann immer seine Antwort: I bin der Coco Z….. und die ganze Adresse kam gleich hinterher. Nur es war noch die alte Adresse, die neue wollte er nicht lernen.

Kurz vor Weihnachten, wollte Cocos Herrchen ihm Kling-Glöcken, klingelingeling beibringen. Nur Coco weigerte sich dieses Lied zu lernen. Kurzum, Weihnachten war gerade vorbei, da hat er bis Ostern durch das Liedchen gesungen. Bis es alle nicht mehr hören konnten.

Ab und zu hatte Cocos Frauchen einen Termin und Coco wurde kurzerhand in die Computerfirma mitgenommen. Zur Freude der meisten Angestellten dort. Er war so glücklich wenn er einen kleinen Schraubenzieher bekam. Den hat er dann stundenlang festgehalten und kam sich dabei ganz groß vor.

Eines Tages fragte mich Peter, ob wir übers Wochenende von einer Kollegin den Papagei bei uns aufnehmen könnten. Kein Problem. Freitagnachmittag kam Peter also mit dem großen Käfig samt dem wunderschönen Ara nach Hause. Wir stellten den Käfig ins Wohnzimmer, damit wir ihn im Auge behalten konnten. Denn unsere Tina, man wusste ja nicht so genau, ob sie nicht in der Lage gewesen wäre den Käfig zu öffnen. Unsere Tina konnte jede Türe aufmachen – auch kein Kasten war vor ihr sicher. Wir haben sie oft gesucht. Sie war meistens in einem Küchenschrank – nur die Küchenschranktüren gingen von alleine zu.

Der Papagei lockte immer wieder unsere Tina. Die kam im Galopp angebraust, der Papagei hüpfte auf eine höhere sichere Position und lachte. Er lachte ganz genauso wie Peter.

Das Spiel ging den ganzen Abend so. Tina war wütend. Wenn ich dich erwische du doofer Papagei, dann rupfe ich dich!

Also musste der Papagei über Nacht in das Gästezimmer, bei abgeschlossener Türe versteht sich. Wir haben beide die ganze Nacht kein Auge zugemacht. Denn unsere Tina hasste geschlossene Türen und ganz besonders geschlossene Türen hinter denen ein Papagei war.

Also rauf auf die Türklinke, nichts, Mist abgeschlossen. Das kann doch nicht sein, also nochmals rauf auf die Türklinke. So ging es die ganze Nacht.

Ich brauche Ihnen nicht zu sagen, dass wir froh waren, als am Montag Peter den Papagei wieder mitnahm und bei seinem Frauchen und Herrchen unversehrt abgeliefert hat.

Nur eines blieb, der Papagei lachte Zeit seines Lebens wie Peter.

Soviel schöne Stunden wir mit unserer Tina während unserer Zeit im Stuttgarter Raum erlebt haben, soviel schreckliche Dinge haben wir leider auch erlebt.

Ich arbeitete bei einer Schwäbischen Sparkasse. Habe da in einem kleinen Dorf eine Bankfiliale geleitet.

Ich hatte immer ganz liebe Mitarbeiter und alle waren ausnahmslos sehr tierlieb.

Eines Tages kam eine Tigerkatze in unser Beratungszimmer durch das offene, vergitterte Fenster. Ein Mitarbeiter hat gerade seine Mittagssemmel verspeist und ein paar Brotbrösel landeten auf dem Boden. Da hat dieses arme Tierchen diese trockenen Brösel aufgefressen.

Wir haben sofort beim Kaufmann gegenüber Katzenfutter gekauft und so hatten wir jeden Morgen einen Frühstücksgast.

Eines Tages konnte man sehen, dass das Tierchen trächtig war. Ich bin 3 Wochen auf Skiurlaub gefahren Als ich wiederkam war das Tier sehr unruhig und ich wollte mittags die Katze mit nach Hause nehmen, damit sie in Ruhe ihre Jungen zur Welt bringen und ich sie betreuen konnte. Nur mittags kam unsere Putzfrau in die Bank und die Katze war weg wie der Hut bei Sturmstärke 10.

Am nächsten Tag kam sie wieder zum Frühstück, schlank und rank. Schnell, schnell ein paar Bissen und wieder zurück zu den Katzenbabys.

So vergingen 2, 3 Wochen. Eines Tages kam die Tigerkatze ins Beratungszimmer, wollte kein Frühstück, hat nur gejammert, miau, miau....

So gegen 10 Uhr konnte ich es nicht mehr mit ansehen und ging ihr nach. Vor dem Fenster lagen kleine Fellteile und bei genauerem Hinsehen konnte ich sehen, dass es die jungen Kätzchen waren. Zerrissen wie man es von Kannibalen kennt. Das Muttertier völlig verzweifelt und auch verletzt. Ich habe die Polizei angerufen, die Katzenhilfe verständigt, meinen Mann angerufen. Es war so schrecklich und ich war sooo hilflos.

Die Vermieterin hat gesagt, das war ein Marder. Nur Marder töten anders!

Ich habe dann die Mutterkatze mit nach Hause genommen. Bin mit ihr zum Tierarzt gefahren. Der hat festgestellt, dass auch sie verletzt war. Natürlich hat sie um ihre Babys gekämpft.

Was tun? Sie hatte auch noch sehr viel Milch. Da hat uns die Katzenhilfe angerufen und uns erzählt, irgendwo wurde eine Mutterkatze von einem Hund getötet und da wären jetzt 3 Kätzchen die dringend Milch und eine Mami brauchen. Wir also los um die kleinen hilflosen Kätzchen zu holen. Fragen Sie mich nicht wie viele Kilometer wir gefahren sind – es müssen so an die 150 gewesen sein.

Nur unsere Tigerkatze hat die Kleinen nicht angenommen. So blieb mir nichts übrig, als alle 2 Stunden die ganze Nacht durch die Kätzchen zu versorgen.

Am nächsten Tag wurde uns noch eine Katzenmutter mit Kätzchen vermittelt, welche dann die 3 Waisenkinder aufgenommen hat. Somit hatten wir 12 Katzen im Hause. Wir mussten sie nur alle getrennt halten, denn unsere Tina, alias Schlägerlilly, hat das nicht geduldet.

Irgendwie war immer irgendetwas los. So waren wir fast jeden 2.Tag beim Tierarzt. Zum Teil am Wochenende – durch halb Stuttgart durch mit der ganzen Meute. Aber alle haben einen guten Platz bekommen , da war jeder Pfennig, damals noch, gut in Tierarztkosten angelegt.

Jeder Abschied war so schmerzhaft. Es sind viele Tränen geflossen.

Das Ende von der Geschichte war eine Gerichtsverhandlung, da man irgendwie den Täter ausgeforscht hatte. Eine Staatsanwältin und die Katzenhilfe haben mich geschützt und mich nicht als Zeugin vorgeladen. Denn man wusste ja nicht zu was solche Menschen noch im Stande waren. Und es musste jemand aus der Umgebung der Bank sein. Dadurch ergab sich eine gewisse Gefährdung für mich. Nur diese Gerichtsverhandlung ging aus wie das Hornberger Schießen. Angeblich war die Tötung der Tiere in Ordnung. Tiere sind ja nur eine Sache. Ich wusste dann auch wer der Täter war und ich war so wütend wie noch nie zuvor. Gut, dass ich das alles nicht miterlebt habe, das Gerichtsverfahren und das Töten.............

Zum Schluss hatten wir noch die Tigerkatze und unsere Tina. Die Zwei mochten sich überhaupt nicht. Sie waren sich nur einig, wenn aus der Küche der Duft von einem gebratenen Hähnchen kam. Dann saß eine links am Türpfosten und eine rechts davon.

Schweren Herzens haben wir uns dann entschlossen für die Tigerkatze einen besonders guten Platz zu suchen. Am besten in unserer Nähe, damit wir sie im Auge behalten konnten.

Also eine Annonce in unserer Dorfzeitung.

Da meldete sich nach ein paar Tagen eine ältere Dame aus dem Nachbarort. Haben sie das Katzele noch? Ja, wir hatten.

Um uns zu überzeugen, dass das auch ein ganz guter Platz ist sind wir mit dem Tierchen hingefahren. Der Platz war ideal, weitab von einer großen Straße, viel Auslauf, freie Felder, ein großes Haus, ein großer Garten und ein ganz liebes älteres Ehepaar.

Also ideal für die Tigerkatze.

Das Tigerle, wie sie dann genannt wurde, war Lebensmittelpunkt und die ganz große Freude für die zwei lieben Menschen. Wir haben uns ab und zu getroffen und unser Tigerle besucht. Auch nachdem wir nach Tirol umgezogen waren blieb der Kontakt aufrecht.

Tigerle wurde 16 Jahre alt. Jedenfalls geschätzt, denn wie alt sie war, als sie zu uns kam wussten wir nicht so genau. Aber 16 Jahre war sie auf jeden Fall alt.

Die zwei Leutchen haben sehr an ihrem Tigerle gehangen und die Trauer war sehr groß als Tigerle sich einen schönen Platz im Himmel gesucht hat.

Aber ein ganz lustiges, also für mich war es nicht so lustig, Ereignis haben wir mit unserer Tina erlebt auf der Rückreise von Tirol ins Schwabenland.

Meine Eltern hatten damals einen Wolfsspitz namens Rasti – eigentlich hieß er Quasti von Haschendorf. Und der hat sich immer sehr innig von mir verabschiedet. Meine ganze Kleidung hat nach Rasti geduftet. Tina saß wie üblich auf meinen Schoß. Vorderfüße aufgestellt, denn sie musste ja genau mitbekommen was sich so auf der Autobahn abspielte. Bei Ulm plötzlich hat Tina ganz intensiv an mir geschnuppert, drehte sich um, die Schwanzspitze fing an zu wackeln und…..meine Verstand blieb stecken, mein Mund war offen, aber es kam kein Ton heraus, Peter lachte wie noch nie in seinem Leben. Da hat unser „Vieh" den Duft vom Rasti übertönen wollen und ich war nass von oben bis unten.

Irgendwie hat es Peter geschafft den Wagen auf einen Parkplatz zu fahren. Ich stieg aus und ging zum Kofferraum, langte in den Koffer und zog irgendein Kleidungsstück heraus. Es war ein Hemd von Peter. Die nassen Sachen ausgezogen, Hemd über und weiter ging es. Mir war alles egal, Hauptsache trocken, Schönheit war zweitrangig.

Von da an habe ich mich stets nochmals umgezogen bevor wir zurückgefahren sind, damit meine Kleidung ja nicht nach Rasti riecht.

Zu Hause angekommen huschte ich sofort ins Haus. Unsere Madame blieb im Auto sitzen, wie jedes Mal wenn wir wieder im Schwabenland ankamen. Das hieß Auto offen lassen, Garagentüre offenlassen, Haustüre offen lassen bis Madame sich bequemte ins Haus zu kommen.

Und dann folgte, wie das Amen in der Kirche, der Fress-Streik. Bei Oma gab es ja nur das Beste und stets frisch gekocht, ohne Reis und Gemüse.

Ich war ja berufstätig und da wurde für unsere Katze vorgekocht und portionsweise eingefroren. Natürlich mit Reis und Gemüse wegen der ausgewogenen Ernährung. Und Dosenfutter war für unsere Tina ungenießbar. Für sie galt immer der Slogan: Katzen würden vor Dosenfutter laufen.

Ja das sind Erinnerungen, meine Güte wie die Zeit vergeht.

Ich bin fest davon überzeugt, dass wir alle unsere Lieben, egal ob Mensch oder Tier irgendwann, irgendwo wieder sehen. Nur in einer anderen Welt und in einer anderen Materie vielleicht.

Dann haben wir uns wieder verändert und sind in meine Heimat nach Tirol gezogen.

Und hier gingen die Abenteuer mit unseren Tieren weiter.

Unsere Tina war ja auch Omas Katze. Daher war für sie der Umzug erstmals ins Haus meiner Eltern und Oma keine Umstellung. Sie kannte ja die Umgebung, sie liebte unsere Oma und vor allem liebte und schätzte sie Omas Kochkünste.

Denn auch ein Tier hat ein Anrecht auf Stil und Qualität. Wenn unsere Tina nur miau gesagt hat und Richtung Kühlschrank ging, hat unsere Oma den Herd angemacht und Tafelspitz (darunter ging es nicht) ganz fein aufgeschnitten und in ein bisschen Wasser und mit einer Minibrise Salz leicht gedünstet, damit das Fleisch nicht hart wurde. Und Tina saß in der Küche und hat schon links und rechts ausgeschleckt.

Unsere Oma hat Mensch und Tier verwöhnt.

Tina hatte ja schreckliche Angst und Aversion vor Fliegen. Oma saß neben ihr, bewaffnet mit einer Fliegenklatsche und hat alle Fliegen, Wespen, Mücken und wer weiß was noch alles verscheucht.

Die Zwei waren schon ein Gespann – gegenseitige Liebe.

Wir waren froh, dass Tina so gut aufgehoben war, auch wenn wir mal auf Urlaub waren.

Und jetzt da wir auf der Suche nach einem Haus waren, war es schön zu wissen dass sich unser Schatz so wohl fühlt und gut versorgt war.

Es kam dann ganz anders. Wir haben kein fertiges Haus gefunden, das unseren Bedürfnissen entsprochen hätte. Also haben wir uns nach einem Grundstück umgeschaut und die Ärmel hochgekrempelt und selbst gebaut.

Als wir ein passendes Grundstück in einer Annonce gefunden hatten, rief ich den Bauern an um einen Besichtigungstermin zu vereinbaren.

Nein, sagte Edi zu mir, morgen geht es nicht da übersiedeln die Kühe.

Peter wollte sich kaputtlachen. Da übersiedeln die Kühe, so mit Koffer und Gepäck...haha.

Der junge Bauer hat einen neuen Stall gebaut und da sind die Kühe vom alten Stall in den neuen gezogen. Wir fanden das sehr schön, dass die Tiere zuerst kamen.
   Wir wurden uns dann schnell einig und kauften das Grundstück.
   Es waren 112 Bäume auf dem Grundstück und die sollten so gut wie alle weg.
   Peter und ich, vom Holzfällen keine Ahnung, begannen dann die Bäume zu fällen.

Mittags haben wir so eine halbe Stunde Pause gemacht. Und eines Mittags sagte Peter zu mir: schau mal was da vor dir läuft. Ich hatte gerade in die Sonne geblickt und habe nur Kreise gesehen. Aber ich habe etwas rascheln gehört und griff beherzt zu. Heute noch denke ich mir, Gott-Sei-Dank war das keine Schlange, oder Blindschleiche. Denn da wäre ich hysterisch geworden.
   Als ich meine „Beute" betrachtete hatte ich eine winzig kleine Tigerkatze in der Hand. Ein völlig vereitertes Gesichtchen, kein Fellchen mehr auf der Nase. Du meine Güte! Ich habe dann vorsichtig mit Spuke die kleine Katze gesäubert. Bin schnell zum Kaufmann gefahren und habe Katzenfutter und Katzenmilch gekauft. Dann wurde die kleine Mieze gefüttert und der Durst wurde gelöscht und wir ließen sie wieder laufen.
   Am nächsten Morgen, wir haben gerade die Motorsäge gestartet da wimmelte es vor lauter kleiner Kätzchen.

Ich konnte erstmals gar nicht richtig sehen wie viele es waren. Denn die waren so schnell und lebhaft.

Ah und auch das kleine Tigerle war dabei. Ich habe es hochgenommen und mit dem mitgebrachten Kamillentee behandelt und das Gesichtchen damit betupft. Natürlich gab es Fressi für alle und auch was zu trinken. Es waren 4 Stück ganz kleine Kätzchen.

Wir haben dann beobachtet, dass sie in Nachbarsgarten verschwanden und unter einem Bretterstapel hatte sie ihr „Nest".

Die Nachbarn waren nicht da. Es war ein relativ nasser Sommer und im Garten der Nachbarn lag ein Deckel umgedreht, so dass sich darin Wasser sammeln konnte. Davon haben sich die kleinen Kätzchen ernährt und ab und zu gab es auch eine Fliege auf dem Speiseplan.

Dann kam die Bauverhandlung. Und zum Schluss sagte ein Nachbar: Herr Bürgermeister können sie uns den Jäger vorbeischicken. Hier sind so viele kleine Katzen.

Das war wieder das Stichwort für mich. Halt, stopp meine Herren die gehören allesamt mir persönlich. Keiner vergreift sich an den Tieren oder erschießt diese.

Auch gut, wenn die DOOFE sich um die Viecher kümmert.

Und wir haben sehr viel Schönes erlebt mit unseren Nachbarn gerade durch die kleinen Kätzchen. Als ich sie operieren ließ, kamen die Nachbarn extra aus Innsbruck angereist um zu sehen, wie es den „Kindern" geht.

Auch hat mir der Nachbar erklärt, was die Kätzchen gerne fressen. Denn er ließ es sich nicht nehmen mit-

tags für die Kleinen zu kochen. Meistens gab es Hafer-
schleimsuppe mit ETWAS drinnen. Der Mann hat sonst
nicht einmal Teewasser aufgesetzt, aber für die Kleinen
war ihm nichts zuviel. Ich habe ihm nur nie erzählt,
dass ich seit meiner frühesten Kindheit immer schon mit
Katzen zu tun hatte und genau wusste was die mögen
und was für sie gut ist. Aber ich fand es so rührend, dass
er für sie gekocht hat.

Wenn wir morgens auf die Baustelle kamen, dann kamen über einen großen Dreckhaufen unsere 4 Kätzchen
gekrabbelt und haben gefrühstückt. Die Katzenmilch
wurde extra zuhause etwas angewärmt und dann gut
eingepackt, damit sie auf der Fahrt von Telfs nach Mieming schön warm blieb .Und so wurden aus unseren
Babykätzchen bald wunderschöne, verspielte und dank-
bare Persönlichkeiten. Erst wollte ich mich ja um gute
Plätze für die Racker kümmern, aber wir haben es nicht
fertig gebracht uns auch nur von einer Katze zu trennen.

Am 23. Dezember 1988 hat mich das Tiegerle (zur Un-
terscheidung mit den Tigern wurde kurzerhand ein e
dem i zugefügt) angeschnurrt wenn ich sie angesprochen
habe.

Das war für mich Weihnachten, das schönste Weih-
nachtsgeschenk!

Denn komischerweise, nachdem das Problem mit dem
vereiterten Gesicht überstanden war, ließ sich das Tiegerle nicht mehr anfassen. Die anderen wurden langsam

zutraulich, aber sie war, wahrscheinlich von der ganzen Behandlung her sehr scheu und unnahbar. Ein großer Vertrauensbruch war auch dass ich sie zum Tierarzt gebracht habe zum sterilisieren. Aber was soll man sonst machen, 4 Weibchen – und dann wären das im Jahr – nein gar nicht erst versuchen auszurechnen. Das wären auf jeden Fall zu viele Kätzchen und auch unverantwortlich.

Als unser Dach montiert wurde kam ich morgens auf die Baustelle. (Wir hatten kein Dach auf dem Haus, aber einen Kachelofen für die kleinen Katzen!) Peter sagte zu mir, dass es der kleinen Mira schlecht geht. Sie hat sich übergeben und ist irgendwie komisch.

Ich habe sie gerufen. Nichts. Da haben mir die Dachdecker gesagt, sie haben sie da in den Wald gehen sehen. Ich den Wald abgesucht und fand auch die kleine Mira.

Katze unter die Jacke, ab ins Auto und so schnell es ging zum Dr. P. nach Telfs.

Er wusste auch nicht was die Katze hatte. Er hat ihr eine Spritze gegeben, hat alles Mögliche untersucht. Dann habe ich sie mitgenommen und bin zu meiner Mutter gefahren.

Mittlerweile habe ich meinen Pullover ausgezogen und die Katze darin eingemummelt. Sie hat geschnurrt, geschnurrt, geschnurrt……. Und plötzlich veränderten sich ihre Pupillen. So wie man das kennt von einem Fliegenauge unter dem Mikroskop. Ein tiefer Schnaufer und unsere Mira war tot. Ich bin noch eine Zeit lang mit ihr im Arm da gesessen, habe Rotz und Wasser geheult. Aber es half alles nichts ich musste sie beerdigen.

Also Schaufel geholt, in Mutters Garten ein tiefes Loch gegraben. Katze im Pullover eingewickelt reingelegt.

Und als ich die erste Erde draufschüttete hörte ich genau diese Katze miauen. Ich habe mit bloßen Händen das Tierchen wieder ausgegraben, ich dachte die lebt noch, die ist nur scheintot. Ich habe meine Mutter geholt, sie sollte schauen ob die Katze nicht scheintot ist. Nein sie war mausetot.

Ganz schrecklich war für mich dann der nächste Morgen. Unsere 4 Findelkinder haben immer zusammen aus einem großen Teller gefressen. Jeder hatte genau seinen Platz. Diese Ordnung wurde immer beibehalten. Und Miras Plätzchen blieb frei. Sie haben sogar den Futteranteil für ihr Schwesterchen übrig gelassen. Katzen sind ja sonst Egoisten, aber unsere waren da ganz anders. Untereinander haben sie geteilt. Das war auch so, wenn einer eine Blindschleiche gefangen hatte oder einen Goldfisch aus dem Teich geholt hatte.

Eines Tages waren unsere Katzen morgens nicht im Rohbau. Ich habe gerufen, gesucht. Na da kamen Tiegerle und Mietze an, aber die Chicca war verschwunden. Nachbarn haben sie auch nicht gesehen. Dann bemerkten wir, dass im Haus eingebrochen wurde. Die Fußbodenheizung war angebohrt, die Rohre unserer Heizung im Keller verbogen, u.s.w. Ein Schaden von ungefähr 100.000,-- Schilling. Dann kam die Nachbarin und hatte die Chicca dabei. Sie war bei ihnen im Keller eingesperrt.

Also hatten wir zwar den Schaden, ein ungutes Gefühl in dem Haus, aber wenigstens alle Katzen gesund wieder.

Da habe ich überlegt, das Haus sofort zu verkaufen. Das war nun schon der 3. Einbruch im Rohbau. Nur bei 2 Einbrüchen da war das Haus noch nicht geschlossen.

Peter hat für ein paar Nächte im Rohbau geschlafen. Das Auto bei den Nachbarn in die Garage gestellt. Ich fand das nicht lustig, denn man weiß ja nie mit was für Menschen man es zu tun hat. Aber unsere Katzen fanden das gut. Haben sogar mit Peter auf der Gartenliege im Keller gekuschelt.

Dann kam der Moment wo wir mit Sack und Pack und unserer mittlerweile 13-jährigen Tina übersiedeln wollten.

Wir waren sehr besorgt um die kleinen Mieminger-Kätzchen. Denn unsere Schlägerlilly, sie wissen schon….

Meine Oma hat gesagt: lass doch die Tina bei mir. Nein das wollten wir nicht, sie war unsere Katze. Sie konnte so oft sie wollte zur Oma, nur für ganz nicht!

Dann war es soweit. Am besten man mischt sich ja nicht ein. Und es ging ganz wunderbar.

Tiegerle, Mietze und Chicca haben sich sofort untergeordnet und es war gut. Tina war die Chefin und hat das Regiment geführt.

Tina wurde sogar wieder richtig jung und lebendig durch die kleinen Katzen. Die haben ihr gelernt wie man auf die höchsten Bäume klettert und sie hat ihnen beigebracht wie man Schranktüren öffnet.

Das war schön, somit hatten wir von nun an vier Katzen.

Vier lustige Geschichten aus unserer Rohbauzeit fallen mir gerade ein.

Als wir die Firstfeier machten, hatten wir Unmengen von Würsten eingekauft und diese im Rohbau gegrillt. Musik, ausgelassene Stimmung. Und als Peter und ich dann gegen 3 Uhr morgens aufbrachen, wollten wir wenigstens die restlichen Würstchen mitnehmen. (Für die zahlreichen Salate war sowieso schon alles zu spät.) Haben wir dann aber vergessen.

Am nächsten Morgen fanden wir überall im Haus, in jeder Ecke, auch draußen im Wald angebissene Würstchen. Die Katzen waren pappvoll, die wollten kein Frühstück, kein Mittagessen.......

Und seit dieser Zeit, war Musik für unsere Katzen das Schönste was es gab. Denn da konnte man Würstchen klauen. Gäste von uns haben unsere Drei auf dem Heimweg vom Dorffest gesehen. (Ich wunderte mich, dass ich keine gesehen habe und auch keine kam als ich sie rief wenn irgendwo eine Musik ertönte.)

Es hat nur noch gefehlt, dass sie etwas Senf am Mäulchen hatten.

Einmal da hatten sie Pech. Der Landeshauptman Dr. Wallnöfer wurde beerdigt und es hat natürlich die Musik gespielt. Unsere Drei die Ohren gespitzt und ab Richtung Musik zum Friedhof. Ich habe die Erste umgedreht, die Zweite umgedreht, die Dritte, da war die Erste schon wieder unterwegs Richtung Musik. Also hoffnungslos. Und drei Katzen konnte ich nicht durch das Gestrüpp im Wald nach Hause tragen. Da lies ich sie laufen. Die haben dann schon entdeckt, dass es da keine Würstchen gab.

Eines Tages kam ich in den Keller unseres halbfertigen Hauses und sah unsere drei Strolche mit etwas spielen. Das gelbe Etwas flog durch die Gegend, wurde gefangen, mit der Schnauze weggetragen, angetatzelt, ein tolles Spiel. Ich sah von weitem, dass es sich um einen Wellensittich handeln musste. Nur so wie DAS durch die Gegend flog, war dem Tierchen nicht mehr zu helfen.

Ein paar Stunden später flog auch noch ein blaues ETWAS durch die Gegend und es war ein Riesenspaß für unsere 3 Kätzchen.

Ich konnte nicht nachsehen. Erst am nächsten Morgen hatte ich den Mut dazu. Was für eine Überraschung, es handelte sich um Plastikvögel die mit Federn beklebt waren. Wie sie in den 80er Jahren zur Dekoration modern waren.

Also hatten unsere Strolche irgendwo 2 Plastik-Wellensittiche gestohlen.

Ich habe das meiner Nachbarin erzählt. Die musste so herzhaft lachen. Sie wusste nämlich woher die Vögel stammten. Aber wir haben es nie verraten. Denn wer so clever ist und aus einem Wohnzimmer, wo ein Hund Wache hält, Plastikvögel von einem Zierstrauß stehlen kann, der gehört eigentlich belohnt. Oder?

Apropo stehlen, klauen, wie immer man es nennen will, da hätte unsere Mietze den ersten Preis bekommen. In unserer Nähe ist ein Ferienhaus, das auch als solches vermietet wird. Eines schönen Mittags kam unsere

Mietze nach Hause, ziemlich breitbeinig, und hatte etwas im Maul. Ich bin ihr entgegengegangen und musste feststellen, sie hatte von der Terrasse des Ferienhauses ein ½ Hähnchen geklaut.

Dass sie die Beute beim Laufen nicht verlor, ging sie extrem breitbeinig. Das sah aus.......

Heute kann ich darüber lachen, nur damals wusste ich erst nicht so recht was ich machen sollte. Zurücktragen ging ja auch nicht mehr, denn das Hähnchen wurde ja über den dreckigen Waldboden geschleift und sah dementsprechend aus.

Mietze musste ihre Beute abgeben, denn erstens ist das Gewürzte nichts für die Tiere und die Splitterknochen sind eine ernsthafte Gefahr.

So was kann man erleben mit Tieren die irgendwie überlebt haben, ohne Mami und das Klauen gehört nun mal dazu.

Gut, dass wir sie gefunden haben oder war es umgekehrt, sie haben uns gefunden? Wie dem auch sei, sie haben unser Leben bereichert.

Während unserer Bauphase habe ich beim Möbelhaus Wetscher im Zillertal am Weihnachtsmarkt teilgenommen und habe dort Schmuck, Malereien und Skulpturen aus den geschnittenen Ziegeln verkauft.

Ich wollte eigentlich nur an 2 Wochenenden teilnehmen, aber irgendwie wurden dann doch alle 4 Adventswochenenden daraus.

Mein Vorrat ging zu Ende, alles war weg und ich musste „nachproduzieren". Also saß ich hier im Rohbau, den Kachelofen eingeheizt, einen Tapeziertisch aufgebaut und darauf meine „Schatztruhen" voll mit „Diamanten", Bändern, Drähten und so Mancherlei.

Unser Tiegerle, Mietze und Chicca fanden das supertoll. Immer wieder ist eine mit Vollgas über den Tisch gefegt und meine Schätze lagen auf dem Boden. Bändchen wurden geklaut und mitgeschleppt, ach war das ein Spaß.

Mir hat das weniger Spaß gemacht und mehrmals am Tag hallte ein Schrei durch das Haus.

Nur mit jedem Schrei wurden die Kleinen noch mehr angefeuert, dann brachten die Aktionen erst den richtigen Kick.

Wir waren dabei den Garten mit Erde zu gestalten. Sie müssen wissen, wir haben eigentlich nur Steine und Schotter hier als Untergrund. Schwerstarbeit.

Eines schönen Tages, es war ein Samstag, humpelte ein großer Tigerkater über die frische Erde. Er sah aus wie eine Wildkatze und hat sich auch sonst so aufgeführt. Wild, wilder.......

Er kam auf Peter zu und hob seine rechte Vorderpfote. Hilfe, die war gebrochen. Nur wir konnten das Tier nicht anfassen. Also Hilfe ohne Kater holen, Futter anbieten, Vitamintabletten und Medizin vom Doktor, damit der Arme bald wieder auf allen vier Pfoten laufen kann.

Die Nachbarn haben den Gartenzaun offen gelassen, dann hatte er ein größeres Revier und Rückzugsgebiet. Es war ein warmer schöner Sommer. Wir haben ihm mehrere Schlafplätze vorbereitet und angeboten.

So nach 3 Wochen konnte der Kater eigentlich wieder richtig gehen.

Mittlerweile hat er gelernt, wie man durch die Katzenklappe ins Haus gelangt. Er wurde natürlich gefüttert und versorgt, aber es war für ihn eine persönliche Herausforderung selbst ins Haus zu kommen und sich am Tisch unserer Miezen selbst zu versorgen.

Lustigerweise, solange er humpelte haben unsere vier Katzen ihn akzeptiert.

Das sah dann so aus, er kam humpelnd durch die Katzenklappe zum Fressplatz in der Küche und abzog er dann ganz nach Katermanier, aufrecht, machohaft, stark, vergaß dasHumpeln.

Eines Tages haben auch unsere Katzen das bemerkt und sie haben ihn zu Viert gejagt.

Von da an hat er nie wieder auf das Humpeln vergessen.

So schlau, so clever, da fehlen einem die Worte.

Unser Tiegerle, Mietze und Chicca hatten in der Zeit wo die Vögel brüteten und die Jungvögel umher flogen immer ein Halsband mit kleiner Glocke an. Ich akzeptiere es nicht, dass Tiere (wie manchmal Menschen!) nur töten um des Tötens willen. Das muss nicht sein. Wenn ein Tier sich selbst versorgen muss und Hunger hat, dann ist es gerechtfertigt, und für mich auch in Ordnung, aber unsere, nein.

Unsere Gäste fanden den Klang der Glöcken sehr schön, es klang nämlich wie Weihnachten wenn die Drei nachts durch den Garten und die Wälder streiften.

Unser schlauer Tieger konnte eines Tages so geschickt laufen, der Hals und Kopf blieben ganz ruhig, sodass die kleine Glocke nicht läutete. Da habe ich allen Dreien die Halsbänder abgenommen. Da hatte es keinen Zweck mehr. Aber dadurch, dass sie es nie gelernt haben Vögel zu jagen und zu fressen, konnten sie ruhig unterm Vogelhaus sitzen, oder in den Bäumen - Vögel waren uninteressant.

Nur unsere Goldfische im Teich die waren extrem gefährdet.

Unsere Chicca war die Meisterfischerin, unser Tiegerle lag Stunden im Schilfgürtel, eine Pfote im Wasser bis endlich mal ein Fisch daran hängen blieb. Und unsere Mietze hat immer versucht die Fische mit dem Mäulchen zu fangen. Dabei ist sie nicht nur einmal in den See gefallen. Aber das war ihr vollkommen wurscht, wie man bei uns in Tirol sagt.

Sie hatte ihren Spaß, wenn sie auch nie einen Fisch gefangen hat.

Mietze war unser Patscherle. Eine sehr feinfühlige, sehr sensible Katze. Mietze fing im Herbst immer die umher fliegenden Blätter. Bei jedem gefangenen Blatt hat sie ein Geschrei aufgeführt, dass wir alle zusammengelaufen sind. Wir, die Menschen, ihre zwei Geschwisterchen und auch unsere Tina. Gelobt wurde sie natürlich, als ob sie den größten Fang ihres Lebens gemacht hätte.

Es war an einem schönen Herbsttag. Ich hatte ein paar Tage Urlaub und war gerade im 1.Stock am Fenster putzen. Peter war mittags gerade beruflich hier in der

Gegend und kam kurz vorbei. Plötzlich eine Aufregung im Garten. Wir schnell nach unten um zu sehen what happend. Chicca hatte ein Baby-Eichkätzchen in der Schnauze.

Wir haben es ihr abgenommen. Das Tierchen hat am ganzen Körper gebebt und gezittert. Chicca war wütend und stampfte neben uns her.

Peter brachte das Tierchen in den Garten und setzte es auf einen Baum. Unsere vier Katzen tanzten um den Baum Ringelreihen. Also es nützt alles nichts unsere Vier mussten ins Haus, auch wenn es noch so ein schöner Tag war.

So nach und nach kamen alle Nachbarn beim Baum zusammen und haben Wache gehalten, denn es waren ja noch andere Katzen am Weg. Ich habe dann mit Gott und der Welt telefoniert. Denn wir hatten bis dahin keinerlei Erfahrung mit Eichkätzchen-Babys.

Irgendwer gab uns dann den Rat ein Netz unter dem Eichkätzchen zu spannen, denn in den Stunden zwischen Sonnenuntergang und Nacht würden die Eltern das Baby abholen.

Gesagt, getan, Fischernetz gespannt und gehofft, dass die Eltern den kleinen entführten Sprössling wieder finden würden.

Zu Hause ein Geheule, ein vierköpfiger Katzenchor heulte gemeinsam vor Wut, dass sie bei so einem schönen Wetter eingesperrt sein mussten.

Nur sie wissen schon, unsere Vier sind keine Mörder.

Am nächsten Morgen musste Peter zuerst nachsehen gehen, ob das Eichkätzchen weg war. Es war weg, also haben die Eltern es geholt.

Der Tag war gerettet, unsere Vier durften wieder ins Freie.

Woher Chicca das Eichkätzchen hatte wissen wir nicht. Aber es musste hier irgendwo in der Nähe entführt worden sein. Denn weit sind unsere Mädels nicht weggegangen (außer es war das Dorffest und unsere Drei auf Würstchen-Klau-Tour).

Weil wir gerade bei den Eichkätzchen sind.

Da fällt mir noch eine Geschichte ein. Diesmal war die Hauptdarstellerin unsere Mietze.

Es war Sonntag. Ich war gerade dabei im Waschraum zu bügeln. Mietze ging an mir vorbei durch die Katzenklappe nach draußen. Es war ein kalter Wintertag ohne Schnee.

5 Minuten später klapperte es immer an der Katzenklappe. Rums, Plumps….

Plötzlich kam unsere Mietze durch die Klappe und so wie damals das ½ Hähnchen hatte sie ein steif gefrorenes ausgewachsenes Eichkätzchen in ihrer Schnauze.

Erst hatte sie das tote Eichkätzchen quer im Mäulchen und damit passte sie natürlich nicht durch die Katzenklappe. Also kam sie nach einigen Versuchen auf die Idee das Tier umzudrehen und siehe da, sie kam ganz locker durch.

Das Eichkätzchen hatte eine durchbissene Kehle und war steif gefroren. Ich war beruhigt unsere Mietze war nicht die Mörderin. Auch die durchgebissene Kehle, deutete eher auf einen Marder hin.

Mit viel Ablenkung ist es uns gelungen das Eichkätzchen der Mietze „abzukaufen" und zu beerdigen.

Sie wissen Schlangen sind für mich etwas wo ich glatt hysterisch werden könnte.

Ich arbeitete in Innsbruck bei einer Privatbank und kam so gegen 18.30 nach Hause. Es war Juni. Peter war für eine Woche beruflich irgendwo. Ich also mit unseren vier Mädels alleine zuhause.

Als ich in die Küche kam bin ich rückwärts wieder raus gelaufen so schnell ich konnte.

Denn mitten in der Küche lag eine ca. ½ m lange graue Schlange. Huch, Hilfe, was tun.

Es nützte ALLES nichts, ich musste mich dem Problem stellen. Also habe ich mich mit Besen und Rechen bewaffnet und ging tapfer in die Küche.

Ich habe mit dem Besen die Schlange angetippt. Sie rutschte so wie sie war, also im GANZEN, über den Küchenboden. Sie war tot. Da habe ich mich näher herangewagt.

In der Mitte war die Schlange flach – eine Autoreifenbreite. Die wurde überfahren! Der zweite Gedanke war, du meine Güte, dann haben unsere Katzen die ja von der Straße aufgehoben und nach Hause gebracht.

Kurz entschlossen bugsierte ich die Schlange in einen Karton. Schloss diesen sorgfältig und bin durch den

Garten zur Nachbarin „gewandert". Die Schlange rutsche im Karton und ich hatte das Gefühl die kommt sofort heraus und beißt mich. Da habe ich den Karton für die 300 Meter Weg bestimmt 5mal weggeworfen. So geekelt habe ich mich.

Die Nachbarin hat sich die Brille aufgesetzt und sagte immer: na so a Muster für an Kostümstoff dös wär schön. Die Zeichnung der Schlange war wirklich schön, schön grau.

Wir haben versucht in Tierbüchern herauszufinden um was für eine Schlange es sich da gehandelt hat. Aber wir wurden nicht wirklich schlau – es war irgendeine Natter.

Schöne Erlebnisse hatten wir auch mit unseren Igeln.

Eine Zeit lang hatten wir 5, 6 Igel die sehr zahm und zutraulich waren. Wenn wir Gäste hatten und auf der Terrasse saßen sind die Igel zwischen unseren Füßen und den Tischbeinen spazieren gegangen. Viele Gäste hatten schon ewig keinen Igel mehr gesehen und waren hellauf begeistert.

Wir fingen immer früh an die Igel zu füttern mit Katzenfutter und ein Wassernapf stand immer bereit. Denn bei uns kann es so schnell kalt und Winter werden und wir wollten sicher sein, dass alle das richtige Gewicht hatten. Auch entwurmt haben wir die Igel immer ganz vorbildlich.

Die Igelfamilie saß immer gemeinsam um den großen Teller und schmatzte, dass man es durch den ganzen Garten hörte.

Nur Einer, oder im Zeichen der Gleichberechtigung Eine, kam immer zu spät. Stieg auf den Tellerrand und klapperte solange bis ich mich entschloss aufzustehen und noch eine Runde Futter auszugeben. Jede Nacht habe ich so bei mir gedacht, nein, heute stehe ich nicht auf, nein heute nicht. Aber was soll man machen, das Klappern hörte nicht auf. So war es besser ich sprang gleich aus dem Bett und fütterte den Spätankömmling.

Er oder Sie kam immer zwischen 1 Uhr und 2 Uhr in der Nacht.

Eines nachts ein Radau auf der Terrasse. Klappern, Blechgeklapper, trippeltrapp...... Ich raus aus dem Bett und da stand ich nun barfuss im Nachthemd nachts um 1 Uhr im Wald.

Peter hatte die Igel abends gefüttert und vergaß die Katzenfutterdose zu entsorgen. Diese duftete natürlich herrlich nach Fleisch und der Igel – der Spätankömmling – schlüpfte hinein und kam nicht mehr heraus. In seiner Panik lief er blind, halb in der Dose verschwunden über die Terrasse. Jetzt versuchen Sie mal so einen Unglücksraben zu helfen. Barfuss und im Nachthemd. Es half alles nichts, ich musste ganz beherzt zupacken und den Armen gegen seinen Stachelwuchs aus der Dose ziehen.

Er war gar nicht verängstigt, nur erstaunt. So ganz selbstverständlich setzte er sich neben den Futterteller und verlangte nun seine Portion, richtig serviert und schön angerichtet.

Was einem so alles passiert und was man so alles erlebt mit den Tieren.

Vor 2 Jahren lief auf der Mini-Dampf-Eisenbahn in Mieming ein großes Igelmännchen umher. Die meisten der Mitglieder dort sind sehr tierlieb und waren in Sorge um den Igel. Auf der einen Seite der Bach, auf der anderen Seite die Straße. Sie setzten den Igel in einen mit Gras ausgepolsterten Eimer und gaben ihn Peter mit.

Denn bei uns ist er ja gut aufgehoben.

Dieser Igel wurde so zutraulich und zahm. Er kam jeden Tag so gegen 16 Uhr.

Es war an einem Sonntag so gegen 16 Uhr da kam unser Freund, verspeiste sein Futter und war verschwunden.

Montag, Dienstag sahen wir unseren Igel nicht. So langsam machten wir uns Sorgen. Was war passiert? Mittwoch öffnete ich den Raum hinter der Garage, wo unsere Gartengeräte aufgehoben sind. Da lag unser Igel auf dem kalten Betonboden, hob ein Beinchen und gab ganz jämmerliche Laute von sich.

Ich habe ihn sofort hochgenommen. Eine Wärmeflasche gemacht und ihn samt Wärmeflasche in ein Körbchen gebettet und ab zu Dr. P.. Der hat ihm Antibiotika gespritzt, eine Vitaminspritze noch verpasst, ihn gründlich untersucht und seitdem wissen wir auch, dass unser Igel ein Männchen ist.

Ich habe die Fußbodenheizung im Bad eingeschaltet. Den Igel ins Bad verfrachtet. Ihm ein Nestchen bereitet, Futter und Wasser hingestellt und gehofft, dass er es packt.

So gegen nachts 1 Uhr ein Geklapper im Bad. Der Teller war leer, alles aufgefressen, schnell etwas Nachschub. Ich war so glücklich, denn wenn er so einen Appetit hatte dann wurde er auch wieder ganz gesund!

Dieses Spektakel wiederholte sich noch mal gegen 6 Uhr in der Früh. Ich ließ unseren Gast bis nachmittags im Bad schlafen. Holte ihn am späten Nachmittag, bereitete ihm ein Körbchen als Schlafplätzchen, wo er selbst ein und aus konnte. Er kuschelte sich in das warme Körbchen und als es dämmerig wurde durchstreifte er wie eh und je den Garten.

Aber bevor ich ihn in die „Wildnis" entließ habe ich ihm einen Stachel mit rotem Nagellack angemalt. Denn sonst konnte ich ihn ja nicht wieder erkennen. Die sehen doch alle irgendwie gleich aus. Oder?

Ein paar Tage später haben wir Dr. P. getroffen auf einem Bauernhof und wir haben ihm erzählt, dass es dem Igel gut gehe. Er hat sich sehr gefreut und hat uns gesagt, er hätte keinen Cent mehr für ihn gegeben. Umso schöner dass der Igel alles so gut überstanden hat.

Und das Groteske war, unser „Gefangener" hätte vorne zur Garage raus gekonnt. Nur er wollte unbedingt den Weg zurückgehen, den er gekommen war.

Seitdem schauen wir immer 2mal ob kein Igel sich in dem Raum versteckt hat, wenn die Türe mal länger offen stand.

Wissen Sie wie Igel die Schnecken aus ihrem Haus holen? Nein? Ich war zufällig Zeuge einer solchen Aktion. Unsere Igel waren ja sehr zutraulich und überhaupt nicht scheu und waren schon am Nachmittag aktiv. Da sah ich eines Tages einen unserer Igel mit ETWAS „spielen". Er rollte ETWAS mit seinen Vorderfüßchen. Als ich genauer hinsah, konnte ich sehen, das ETWAS war eine Schnecke im Haus. Er rollte und rollte dieses

Schneckenhaus hin und her. Ich dachte mir, dass ich eigentlich nichts wusste über das Spielverhalten von Igeln. Ich wusste nicht einmal, dass Igel spielen. Das „Spiel" dauerte gut eine Viertelstunde und plötzlich flutschte die Schnecke aus dem Haus und der Igel hat sie schmatzend verspeist.

Für mich war der Anblick zuviel, es hat mich geekelt und ich verließ den „Fressplatz".

Meiner Meinung nach wurde die Schnecke schwindelig und konnte sich nicht länger im sicheren Haus halten. Eigentlich ganz schön schlau!

Unsere Tina hatte im April Geburtstag – es war ihr 18.Geburtstag. Sie wurde ziemlich knochig, eigensinniger und auch etwas langsamer. Man konnte sehen es ging bergab mit ihr. Unsere Mietze, unser Sensibelchen hat sich sehr mit Tina abgegeben. Sie kümmerte sich rührend um die alte Katze. Wo unsere Tina war, war auch unsere Mietze.

Es kam vor, dass sie umfiel. Sie konnte den Wasserspiegel im Teich nicht mehr erkennen und fiel hinein. Da haben wir schweren Herzens unseren Dr. P. angerufen. Der kam abends so gegen 10 Uhr und hat unsere Tina untersucht. Tina hat mit ihm geschmust und an ihm geschnuppert, denn er kam geradewegs von einem Bauernhof.

Aber er hat uns versichert Tina ist kerngesund, nur halt alt und klapprig. Er meinte: sie freut sich doch noch an den wärmenden Sonnenstrahlen und solange sie frisst ………... Von da an durfte Tina nur noch unter unserer Aufsicht in den Garten. Das bedeutete für unsere jungen 3 Mädels, dass sie tagsüber nicht ins Haus konnten, oder wenn sie drinnen waren konnten sie erst raus wenn einer von uns von der Arbeit nach Hause kam.

Aber das musste sein zum Schutz unserer „Großen".

3 Wochen lang ging das so. Ich habe ihr nur noch ihre Lieblingsgerichte gekocht, Lachs, Forellenfilet, Hähnchenbrustfilet…und habe es ihr überall serviert wo sie wollte.

Eines Abends ging Tina nach draußen in Begleitung unserer „Altenbetreuerin" Mietze.

Alle 2 Minuten habe ich nach ihr gesehen.

Plötzlich zogen schwarze Wolken auf und es sah nach einem bösen Gewitter aus.

Ich holte Tina ins Haus. Die war wütend, maulte, fauchte……… Dann öffnete sie sich den Schuhschrank, der mit einer weichen Decke ausgepolstert ihr Lieblingsschlafplatz war. Morgens hat Peter unsere „Große" tot auf ihrem Schlafplätzchen gefunden.

Es war der Fronleichnamstag – Juni 1993.

Peter musste die traurige Arbeit übernehmen und Tina, samt ihrem kleinen Freund beerdigen. Ihr kleiner Freund war eine gehäkelte Giraffe, die sie seit ihrer Kindheit hatte und immer und überall mithin schleppte. Die kleine gelbe Giraffe musste auch von ihrem Fressen etwas abhaben und lag dann im Fressnapf. Auch musste die kleine Giraffe mal auf die Katzentoilette gehen. Ich weiß nicht wie oft diese Giraffe gewaschen wurde. Aber ich habe sie aus ganz starkem Garn gehäkelt, sie hat alle Abenteuer gut überstanden.

Einmal vergaßen wir die Giraffe bei meiner Oma. Ich rief an und Oma musste die Giraffe express schicken. Als Tina für längere Zeit, bis unser Haus fertig war, bei Oma lebte, konnte diese verstehen was diese Giraffe für Tina bedeutete.

Da hat sie selbst gesehen und erlebt wie wichtig unserer Katze das Spielzeug war.

Ich glaube fest daran, dass wenn ein geliebtes Tier zu den Wolken geht (diese Redewendung die unsere Freunde in England anwenden finde ich schön und passend) es einem eine Art Ersatz schickt. Ein anderes armes Tierchen.

So hat uns unsere Tina einen weiß/roten Kater geschickt. Der weiß/rote Kater schickte uns Tussido alisas Tusnelda von Sauerampfer. Dieser schickte uns unseren Tommy.

Der rot/weiße Kater stand eines Tages vor mir auf der Terrasse und hat mich mit hungrigen Augen angeschaut. Er sah auch ziemlich mitgenommen aus. Ich habe ihm eine Mahlzeit serviert und auch etwas gegen den Durst. Zwei Tage später habe ich entdeckt, dass das Tierchen ganz tiefe Schnittwunden am Hals hatte. Bei näherer Betrachtung habe ich festgestellt, dass er sich alle Zähe ausgebissen hatte. Jetzt stand für uns fest, dieser arme Kater war in eine Falle mit Schlinge geraten. Es war ihm gelungen sich zu befreien.

Daraufhin bin ich sehr aufmerksam durch den Wald gegangen, konnte aber keine Spur von einer Falle entdecken.

Dieser Kater wollte nicht ins Haus kommen. Auch einen Schlafplatz im Gartengeräteraum hat er abgelehnt. Daraufhin hat ihn Peter ein Katzenhaus gebaut. Mit Terrasse, Fenstern mit richtigem Glas und Fensterläden davor. Ich habe meine Lamadecke spendiert damit es unser Kater wolligwarm hatte in seiner Villa.

Er saß in seinem „Schloss" wie ein Schneekönig. Glücklich, kein Hunger mehr, keine Sorgen, alle Wunden verheilt. Na ja die seelischen vielleicht nicht, aber darüber hat er nie mit uns gesprochen.

Morgens um ½ 6 Uhr habe ich ihm sein Frühstück serviert und danach übernahm unsere Mietze die Betreuung. Sie war ständig mit ihm unterwegs und saß immer in unmittelbarer Nähe. So hat unsere Mietze die Betreuung nach unserer Tina lückenlos auf den Kater übertragen. Er war mittlerweile sehr zutraulich geworden und wir konnten ihn hochnehmen, bürsten, kraulen. Unsere Mädels konnten alle ganz wunderbar laut schnurren und er hat es auch versucht. Es hörte sich so an wie ein alter stotternder Motor.

Ganz stolz bin ich auf unsere Mädchen sie haben sich sehr gut mit dem Kater verstanden. Und er war auch ein Prachtkerl, er ließ sie in Ruhe und hat sich untergeordnet und angepasst.

Eines Tages kam ein älteres Ehepaar zu uns auf Besuch. Sie wohnen ganz in unserer Nähe und sind auch sehr tierlieb. Er sagte: ja das ist ja der Bubi. Er kannte diesen Kater schon einige Jahre und das Brüderchen lebte bei ihm. Der war auch so halbwild und wollte auch nicht ins Haus kommen.

Da kannten wir einen Teil der Lebensgeschichte unseres Katers.

Es wurde Herbst, kalt, der Winter kündigte sich an.

Da kam unser Kater eines Tages humpelnd, hinkend an. Was war passiert? Ich habe Nachforschungen angestellt und habe erfahren, dass unser dummer „Junge" wie früher die Bundesstrasse überquerte um zu einem Bauern zu gelangen der jeden Abend eine alte, große Waschschüssel voll frischer Milch den armen Dorfkatzen angeboten hat. Angeblich sind bis zu 50 Stück jeden Abend zum Dinner gekommen. Und wahrscheinlich war das im Winter oft die einzige warme Mahlzeit für die Tiere.

Auf dem Rückweg hat ihn dann ein Auto gestreift.

Immer wenn ich mich mit unserem Kater auf den Weg zum Tierarzt machen wollte, war dieser wie vom Erdboden verschwunden. Wir haben ihm dann Medizin gegeben, Vitaminpaste, alles was ihm eben gut tat. Er hat bis an sein Lebensende gehumpelt, aber er war wie immer, nachdem er sich uns gegenüber geöffnet hatte.

Seine Villa mochte er nicht mehr. Wir haben beim Bau einen Fehler gemacht. Katzen brauchen immer einen Fluchtweg und die Villa hatte nur einen Ein- und Ausgang. Da haben ihn andere Kater verjagt.

Daraufhin ließen wir unsere Holzlaube mit Puppenstubendach auf der Terrasse stehen und haben auf einem

Sessel aus einem ganz dicken Schaffell so eine Art Kugel gebastelt damit der Arme nicht frieren musste im Winter.

Eines Morgens habe ich ihm, wie üblich so gegen ½ 6 Uhr früh, sein Frühstück serviert und sah nur noch Blut. Das ganze weiße Gesichtchen war blutüberströmt. Ich wusste erst gar nicht was los war. Nach genauer Untersuchung habe ich festgestellt, dass ihm JEMAND ein Stückchen Ohr abgebissen hatte. Das muss so fest geblutet haben.

Danach hatte er schreckliche Angst und ist zu dem älteren Ehepaar gezogen und sein Brüderchen hat ihn beschützt. Der war etwas robuster und hat auch nicht so viele schreckliche Dinge erlebt.

Ich bin jeden Abend zu ihm gegangen. Habe ihm sein Lieblingsfressi mitgebracht, natürlich war auch etwas für seinen Beschützer dabei. Wir haben noch ein bisschen geschmust und er ging mit hoch erhobenem Schwanz und in Begleitung seines Bruders zu seinem Schlafplatz.

Samstags habe ich ihn immer schon am Nachmittag besucht. Da hatte ich ja frei und wenn ich so meine Putzerei beendet hatte, ging ich zu ihm. Manchmal ist er dann in meiner Begleitung mit zu uns gekommen auf einen kurzen Besuch. Eines schönen Tages hat er mich wieder zurück begleitet. Da kamen uns zwei Frauen mit ihren Hunden entgegen. Ein Wolfsspitz und ein weißer Spitz. Der weiße Spitz sprintete los auf mich und den Kater zu.

Der Kater lief um sein Leben. Ich habe versucht den Spitz aufzuhalten und bin voll langgelegen. Dazu muss ich sagen, ich habe mir ein paar Monate vorher gerade die Wirbelsäule gebrochen.

Das Schlimmste aber für mich war, das Frauchen vom weißen Spitz hat sich kaputtgelacht. Die fand das sooo lustig. Es ist nur gut, dass Kater und mir nichts passiert ist.

Heute noch schaue ich diese Frau mit Verachtung an! Ab und zu läuft sie mir über den Weg. Aber im Grunde ist sie eine arme, einfältige Seele.

An einem kalten Januartag auf meinem Weg zum Bus stellte sich mir unser Kater in den Weg.

Ich habe ihn gestreichelt und auf die Gartenmauer zu seinem Brüderchen gesetzt. Nur da blieb er nicht. Er ist mir gefolgt fast bis zur Hauptstrasse. Da bin ich umgekehrt, Bus hin, Bus her, der Kater war wichtiger. Also habe ich ihn aufgenommen und bin nach Hause gegangen. Peter hatte das Büro mittlerweile im Haus und konnte den Kater betreuen. Er hat eine 450 gr. Dose Katzenfutter gefressen. Hat sich im Wohnzimmer auf den Teppich wohl gefühlt und hatte auch nicht so den Hang zum gehen, wie früher immer wenn er im Haus war.

Peter hat sich zu ihm auf den Boden gesetzt und ich bin zum nächsten Bus gelaufen.

Das war das letzte Mal dass wir unseren Kater gesehen haben. Ich habe ihn gesucht und gerufen, aber er blieb verschollen.

Jetzt denke ich mir er hat sich von uns verabschiedet.

Lustige Geschichten haben wir mit „unserer" Rehmami erlebt. Dieses Rehlein war so zutraulich, dass es sogar mit dem Kopf durch die Küchentüre kam.

Ich brauche Ihnen nicht zu erzählen, dass wir keine Blumen mehr im Garten hatten. Erst wurden die roten gefressen, dann die gelben, dann die blauen u.s.w. Rehe sind sehr ordentlich sie fressen nach Farben.

Auch ein großer Kaktus musste dran glauben. Und wenn ich nicht selbst gesehen hätte, dass der Kaktus vom Reh gefressen wurde, hätte ich es nicht geglaubt. Es war allerdings ein weicher Kaktus mit weichen Stacheln und gelben Blüten.

Mancher Handwerker hat sein Arbeitszeug hingelegt und aus dem Fenster gestarrt als die Rehmami mit ihrem Kitz auf Besuch kam. Es gab oberhalb von uns fast keine Häuser und wir hatten einen Teich angelegt. Das war willkommenes Wasser für die Tiere.

Haben Sie schon einmal ein Reh Wasser trinken sehen? Die machen es fast so wie Giraffen.

Der 1. Winter kam und ich rief einen bekannten Bauern an und wollte Heu für Rehmami und Baby kaufen. Er hat mir erklärt, es muss Heu vom 2.Schnitt sein. Der 1.Schnitt ist zu fein, der 3.Schnitt ist zu hart, der 2.Schnitt ist genau richtig. Also ein paar Rollen Heu vom 2. Schnitt. Auf der Terrasse unter Dach gelagert sollte es den ganzen Winter Futter für die Tiere sein.

Rehmami hat es verschmäht und Baby sowieso.

Ich habe Peter erklärt, Rehe brauchen eine Heuraufe, sowie im Wald. Also gut es wurde eine Heuraufe gebastelt.

Aber Rehmami hat nur Vogelfutter gefressen, Sonnenblumenkerne geschält und der Kleine fraß nur Elstaäpfel. Unsere Gäste reisten an im Gepäck kiloweise Elstaäpfel.

Die Äpfel sollten ja nicht frieren, also hat immer jemand gelauert und war ein Apfel verspeist so lief jemand in den Garten und es gab Nachschub. Die Rehe waren so zutraulich und anhänglich.

Auch gab es jeden Frühling ein kleines Drama hier in unserem Garten.

Rehmami hat sich stets im Frühling von ihrem Baby vom Vorjahr verabschiedet um im Wald zu verschwinden um einem neuen Rehlein das Leben zu schenken.

Ein kleiner Rehbock lag 3 Tage bei uns im Wald und hat geweint. Es war ein Fiepen, hörte sich manchmal an wie wenn ein Baby weinen würde. Schlimm.

Nur was sollten wir machen. So ist die Natur.

Eines Tages kam die Rehmutter mit Zwillingen. Wir waren fasziniert. Denn das ist glaube ich ziemlich selten.

Ich habe den Nachbarn wieder gebeten das Gartentürchen offen zu lassen, damit sich die Rehmami mit den Babys bei Gefahr zurückziehen konnte. Denn mittlerweile gab es hier in unserer Umgebung einige sehr freche, jagende freilaufende Hunde. (Und uneinsichtige Hundebesitzer!) Unser Nachbar hat gelacht und sagte: Rehbraten mit Knödel und Blaukraut ist mir lieber. Aber er ist ein ganz lieber Nachbar und wir haben seinen Scherz gut verstanden. Natürlich blieb das Gartentürchen auf.

Ab einem Zeitpunkt kam die Rehmutter nur noch mit einem Jungen. Irgendetwas musste passiert sein. Wir wissen es nicht. Nur wenn irgendwo ein Hund gebellt hat fing das kleine Rehlein an zu jammern. Also musste irgendetwas mit einem Hund gewesen sein.

Peter hat unseren Gästen immer einen Bären aufgebunden. Von uns aus sieht man auf der gegenüberliegenden Bergkette ab und zu in der Abendsonne ein Aluminiumkreuz leuchten.

Die Gäste fragten nach, ob das Kreuz beleuchtet sei.

Peter sagte: ja natürlich. Damit habe ich sogar persönlich zu tun. Wie, was? Ja, sagte er, ich gehe alle 2 Wochen mit meinen 3 Bernhardinern da hoch und wechsle die Autobatterien.

Und wo sind Ihre Bernhardiner? Oh, die sind auf einem Bauernhof in Obsteig.

Aber bevor die Gäste abreisten wurden sie natürlich aufgeklärt.

So auch an einem Samstag im Juni irgendwann einmal. Und unser Gespräch kam auf unsere zahme Rehmami. Und wie auf das Stichwort stand unser Reh auf der Terrasse. Da schaute der Gast mit offenem Mund vom Reh zum Gipfelkreuz und wusste nun wirklich nicht mehr was stimmte und was nicht. Er dachte die Geschichte mit dem Gipfelkreuz ist auch wahr und nicht erlogen.

Da haben wir schon manche Träne gelacht über das „beleuchtete" Gipfelkreuz.

Jetzt muss ich aber auch noch meinen Frosch Ferdinand den Ersten vorstellen.

Unser Teich wurde so schön angenommen und besiedelt – unter anderem auch von Fröschen. Nur ein Frosch der war das ganze Jahr hier. Ich taufte ihn auf den Namen Ferdinand I.

Schön ist die Zeit wenn im Frühling Ferdinand quak machte um ein Weibchen anzulocken. Da er ja alleine im Teich lebte, war das Konzert piano. Wenn so 1000 Frösche quaken dann hat das schon eine andere Lautstärke.

Je länger Ferdinand rufen musste nach einer Froschfrau umso leiser wurde seine Stimme. Das Quak wurde immer leiser und heiserer. Aber es gab kein Jahr, wo Ferdinand nicht Hochzeit gefeiert hätte. Und viele, viele kleine Ferdinands hüpften durch den Garten.

Peter mag meinen Ferdinand nicht. Mittlerweile haben wir ja schon Ferdinand den Zweiten.

Ferdinand der Zweite kommt hinter mir her bis in die Küche.

Eines Abends, ich war schon zu Bett gegangen, plötzlich Hektik im Haus. Peter hat mich aufgescheucht und wollte, dass ich Ferdinand aus der Küche in den Teich „befördere". Nur jetzt fangen sie mal nachts um 11 Uhr einen Frosch in der Küche. Gar nicht so einfach. Aber ich habe es letztendlich geschafft und Ferdinand in den Teich befördert.

Ich habe eine Freundin samt ihren Kater nach Köln gefahren. Muckel ist ein Reisekater und kommt jährlich im April/Mai so für 5 bis 6 Wochen zu uns auf Besuch. Die Freundin fährt mit der Bahn, samt Muckel und wie ich behaupte mit weiteren 7 Koffern (sie bestreitet zwar die Anzahl der Koffer und behauptet es sind nur 5. Aber Katzenkorb und Katzensachentasche gehören auch dazu. Also doch 7 liebe Margot!)

Bei der Abreise streikten die italienischen Eisenbahner wieder einmal. Nachts um ½ 1 Uhr habe ich dann beschlossen, dass ich sofort nach Hause möchte und ich fahre sie dann nach Köln. Also gut, ab nach Hause und ins Bett.

Ich war 3 Tage weg und bei meiner Rückkehr habe ich natürlich alle Tiere begrüßt und von mir unbemerkt ist mir Ferdinand II gefolgt. Peter saß noch im Wohnzimmer und dachte sich, was ist denn das für ein Fleck auf dem Teppich. Aber Flecken gehören ja in meinen Bereich, also hat es ihn nicht weiter gestört. Doch plötzlich war der Fleck woanders. Er schaute nach. Da war der Fleck mein Ferdinand II.

Es ist uns nicht gelungen ihn einzufangen. Erst nach 3 Tagen war es mir möglich ihn mit dem Catcher zu fangen und in den Teich zu bringen.

Er hat in der Whiskas-Katzenmilch gebadet, das konnte man eindeutig von den Fußspuren ablesen.

Peter was not amused. Aber ich finde Ferdinand spannend und toll.

Und auch heute noch muss ich aufpassen, dass mir Ferdinand II nicht nachkommt. Denn rufe ich abends meine Katzen (um 10 Uhr ist Zapfenstreich!) dann kommt meistens auch der Frosch angehüpft und folgt mir.

Als wir den Teich auspumpten um die Folie zu erneuern mussten die Fische in die Badewanne übersiedeln. Und Peter hat Ferdinand in den Catcher gebeten und ihn ein paar Grundstücke weiter weggetragen. Aber in Null-Komma-Nichts war Ferdinand wieder da – quak das ist mein Teich. Das Spiel von vorne, Ferdinand einfangen und in Sicherheit bringen. Es dauerte keine 10 Minuten war der Frosch wieder da. So ging das dreimal und sie wissen ja bereits, dass Peter meinen Ferdinand nicht mag. Aber über so viel Anhänglichkeit hat auch er sich gewundert und hat ihn großzügig das Wohnrecht auf Lebenszeit eingeräumt.

Als ich von der Arbeit aus Innsbruck heimkam hat jeder zu mir gesagt: pass auf, mach ja die Badezimmertüre zu. Du weißt schon da drinnen sind die Goldfische.

Wie das Haus ausgeschaut hat daran erinnere ich mich mit Grauen. Durch das ganze Haus wurde ein Schlauch verlegt, dann wurde Teichwasser in die mit Alkohol gereinigte Badewanne gepumpt, die Fische übersiedelt. Jeder hatte schlammige Schuhe…..!!!!!

Und abends so gegen 10 Uhr konnten die Fische wieder in den Teich.

Also alles noch mal nur umgedreht. Fische von der Badewanne in den Teich.

Rein mit dem Catcher, raus, nur es war kein Fisch im Catcher, nur Schlamm spritze durchs ganze Bad. Aber es war ja nur Schlamm, es war fast vergessen, nachdem ich alles geputzt hatte.

Hochinteressante Tiere leben mit uns unter unserem Dach. Das heißt sie leben so von April bis Juni bei uns. Nämlich ganz kleine Fledermäuse. Erst wollte ich es nicht glauben, dass wir unterm Dach Fledermäuse beherbergen. Ich wunderte mich nur, dass wenn der Kaminkehrer kam keine 100 toten Fliegen mehr durch die Luke auf unseren Teppich fielen. Dann entdeckte ich tatsächlich eine tote kleine Fledermaus. Ich habe sie ganz genau angesehen. Ganz große kugelrunde Augen, ein pelziges Bäuchlein und die Flügel haben mich irgendwie an einen Regenschirm mit den Stangen erinnert.

Ich habe mich mit dem WWF in Verbindung gesetzt und ein ganz engagierter Mann kam uns besuchen. Er war glücklich, dass wir nicht wollten, dass diese „Viecher" verschwinden, sondern wir fragten wie wir sie unterstützen können.

Angeblich handelt es sich bei diesen kleinen Fledermäuschen um eine seltene Art, von der man schon dachte, dass es diese nicht mehr gibt. Unseren Dachboden haben sich die Fledermaus-Mamis ausgesucht zur Aufzucht der Babys. Wir sind eine so genannte Kinderstube für die kleinen „Mäuse".

Das mühsam eingesetzte Gitter zum Schutz, dass keine großen Vögel sich im Dach einnisten, wurde wieder entfernt und somit wurde die Besiedelung erleichtert.

Manchen Menschen dürfen wir gar nicht erzählen, dass wir Fledermäuse von April bis Juni unterm Dach beherbergen, die fürchten sich davor, oder verabscheuen diese. Für mich sind es hochinteressante und intelligente Tiere.

Für mich sind sowieso manche Tiere viel höher entwickelt als wir Menschen.

Das fängt schon an bei der Geburt. So ein kleines Kälbchen, ein kleiner Elefant, ein Hirschkälbchen müssen sofort aufstehen und laufen. Sie können alleine die „Milchbar" finden und sich die Nahrung holen.

Ein Menschenkind muss getragen, gefahren werden und würde es nicht mit Nahrung versorgt wäre das das Ende.

Pinguine leben bei minus was weiß ich für Grade unter Null und haben die Babys auf den Füßen.

Andere Tiere können in der Wüste, fast ohne Wasser, bei großer Hitze überleben.

Wir müssen mühsam vieles lernen in unserem Leben, Tieren ist vieles angeboren.

Aber so ist das Leben, wer weiß vielleicht sind wir im nächsten Leben ein Löwe, eine Katze, ein Hund oder............Also wenn ich es mir aussuchen könnte, dann wäre ich gerne eine Katze bei ganz netten Leuten!

Zurück zu unseren Katzen. Kater gab es nicht mehr. Und wie ich bereits erwähnte schickte uns jedes Tier das in dem schönen Wolkenhaus wohnt ein anderes armes Tierchen.

So stand an einem schönen Juli-Abend unser Tussido vor uns.

Unsere Mädels bekommen im Sommer ihr Abendessen auf der Terrasse serviert. Und sobald ich mit den Tellern klapperte kam eine große Tigerkatze durch die Hecke geschlüpft.

Hat fürchterlich gefaucht und sich wild aufgeführt. Unsere 3 Katzenmädchen hatten Angst. Ich habe der Tigerkatze ein Futter serviert und habe ihr jeden Abend zugeflüstert: du bekommst Futter, alles was du willst, aber lass bitte meine Mädchen in Ruhe.

Keine Besserung in Sicht. Da habe ich eines Abends gesagt, jetzt kommt die Tusnelda schon wieder.

Und tagsüber habe ich sie beobachtet wie sie auf dem Nachbargrund lag unter einer großen Sauerampferpflanze. So kam sie zu ihrem Namen Tusnelda von Sauerampfer.

Unser Tiegerle wurde oft gebissen, Peter wurde auch gebissen was fast schlimm ausgegangen wäre. Männer und zum Arzt gehen! Als er eines Morgens nicht mehr den Arm bewegen konnte hat er sich doch in die Hände eines Arztes begeben.

Wie kam nun Tusnelda von Sauerampfer zu ihrem Namen Tussido. Das kam so. Wir waren 3 Wochen auf Urlaub und die erwähnte Freundin aus Köln hat unsere Katzen betreut. Tusnelda war mittlerweile schon recht zahm und ließ sich schon streicheln.

Da entdeckte Margot, dass unser „Mädel" ein kastrierter Kater war. Sie sagte zu uns im Kölner Dialekt: der hat den gleichen Pöppes wie mein Muckel.

Ich habe schallend gelacht, ich glaube ganz Mieming hat mich gehört.

Aber nun war guter Rat teuer. Das Tier hörte auf den

Namen Tusnelda. Da haben wir ihn getestet was ihm am besten gefällt und haben alle möglichen Endungen an Tus... drangehängt. Bei Tussido da gingen die Öhrchen in die Höhe und so wurde er von da an auch gerufen. Tussido war tagsüber ein richtiger Macho. Aber abends eingerollt auf meinem Schoß da hat er genuckelt und mit den Füßchen getreten, wie es die kleinen Kätzchen bei der Mami machen. Dieses Phänomen war uns nicht fremd, da unsere Mietze die gleichen Anwandlungen hatte.

Das war immer ein Bild für Götter. Der große Tussido auf meinem Schoß, die Mietze ein Stockwerk höher in meinen Armen. Tiegerle und Chicca auf der anderen Couch in Peters Nähe.

Als unsere Mietze das erstmal anfing bei jedem nach „Milch" zu suchen und stundenlang nuggeln konnte, da waren wir erstmals erstaunt. Wir haben uns dann schlau gemacht und wussten, dass diese Tiere eigentlich zu früh die Mutter verloren haben oder zu früh getrennt wurden. Nur komischerweise unsere Tina, wurde von uns ja sehr früh von der Mutter weggenommen, die hatte diese Angewohnheit nicht. Aber wahrscheinlich weil sie vom Muttertier verstoßen wurde.......

Einmal kam unser Tussido durch die Küchentür. Chicca unsere Meisterfischerin und Blindschleichen-Fängerin hatte mir wieder einmal eine Blindschleiche in die Küche gelegt. Diese lag in einer Linie mit dem unteren Teil der Türe. Tussido sah das „Vieh", ekelte sich und stapfte davon. 10 Minuten später kam er in die Küche und hatte einen Spatz im Mäulchen. Er setzte diesen vor mir ab, drehte sich um und ging wieder hinaus. So nach dem Motto, hier hast du mal was „GESCHEITES" nicht so eine eklige „Schlange". Der Spatz war völlig unverletzt, er hatte nur Herzklopfen, dass das ganze Körperchen gebebt hat.

Das war das erste und auch letzte Mal dass unser Tussido etwas gefangen hatte.

Komischerweise war unser Tussido jeden Samstagabend nicht auffindbar. Irgendwann hat Peter gesagt: es ist Samstagabend da sind die Jugendlichen in der Disco. Er hat sein Taschengeld bekommen damit er die Mädels auf einen Katzenwhisky einladen kann.

Also Samstagabend war Discotime für unseren Kater.

Einige Jahre, später als der Neffe so 6 Jahre alt war, kam unser Kater Sonntagmorgens ganz übernächtigt nach Hause. Na Kater hast du einen Kater, hat Peter ihn gefragt. Weißt du er hat gestern sein Taschengeld bekommen und ist in die Disco gegangen.

Wie viel Taschengeld bekommt er denn, fragte der Neffe. 5 Euro bekommt er.

Papa, der Kater bekommt 5 Euro. Ich bekomme 50 Cents pro Woche! Von diesem Zeitpunkt an wollte der Neffe kein Taschengeld mehr haben. Da kann man sehen was man anrichten kann.

Peter hatte von seinem Studium noch Unterlagen hier im Keller gelagert. (Die wir von Basel nach Stuttgart und von dort hierher geschleppt haben.) Die technischen Unterlagen waren zum Teil überholt. Da hat er beschlossen sich davon zu trennen. Im Flur war ein Berg von Ordnern und Papier. Gleichzeitig haben wir beschlossen noch einen kleinen Schrank umzustellen. Kurzum es war etwas Chaos im Haus und eine Unruhe. Tussido hat nur miaut, konnte nicht fressen, konnte sich nicht hinlegen und entspannen. Miau, miau, miau.....

Als der Rummel vorüber war und ich den Staubsauger betätigte war er glücklich und zufrieden. Da wussten wir, dass er wahrscheinlich bei einem Umzug zurückgelassen wurde. Oder kennen Sie eine Katze die sich entspannt und schnurrt wenn der Staubsauger um sie herumtanzt?

Wir haben ihm versprochen ihn NIE zurückzulassen!

Als wir mal wieder auf Urlaub waren haben Freunde aus Wien unsere Katzen versorgt. Nur das Unterhaltungsprogramm war nichts für unseren Kater. Er kannte ja Straße auf und Straße ab jedes Haus. Und jeder kannte ihn, bevor er sich endgültig uns anschloss. Da ging er zu dem älteren Ehepaar wo auch unser Bubi seine letzten Lebensmonate verbracht hatte. Er kam täglich auf Besuch, hat auch einmal am Tag bei uns gefressen, manchmal auch hier bei uns übernachtet. Aber er hatte von nun an 2 „Eltern" und 2 Zuhause.

Ich habe ihn dann meistens abends abgeholt mit dem Auto. Er stieg allerdings nur in den Audi ein, alle anderen Autos waren unter seiner Würde. Die mochte er nicht.

Das lag wahrscheinlich daran, dass der Audi innen hellbeige war. Der Citroen und Seat waren innen schwarz, bzw. dunkelgrau.

Es war Mai. Tussido saß im Garten und seit einiger Zeit sah er mager aus. Aber unsere Mädels fasten auch immer im Mai/Juni und haben dann eben ihr Sommergewicht. Besonders unsere Chicca sieht im Sommer aus wie ein Biafrakind. Aber sie ist kerngesund und dieses Speckanfressen und dann fasten hat mich nicht beunruhigt. Nur Margot war besorgt und nahm Tussido auf den Arm. Kam herein mit ihm und sagte zu mir: geh mit ihm zum Tierarzt Tussido gefällt mir nicht.

Da bin ich nachmittags zu den Tierärzten gefahren. So von außen konnte man nichts feststellen. Also eine Blutuntersuchung. Am nächsten Tag sollte das Ergebnis vorliegen.

Es war der 20.Mai als wir unseren Tussido einschläfern mussten. Er hatte Leberkrebs.

Irgendwie die Ironie des Schicksals wir haben ihn immer Samstag in der Disco vermutet bei ein paar Katzenwhiskys und er stirbt an Leberkrebs!

Wir haben Tussidos 2.Eltern gefragt, ob wir ihn bei ihnen im Garten beerdigen dürften.

Bei uns sind nur Steine und es ist sehr schwierig ein Grab auszuheben. Wir durften. Und als ich mit dem toten Tier ankam haben wir uns alle vier von ihm verabschiedet und ich werde nie vergessen den älteren Herren hat es vor Weinen nur so geschüttelt. Es war sooo traurig und wir haben alle geweint. Er hat ein schönes Plätzchen unter einer Tanne und wir stellen ab und zu Blumen hin.

Zum Todestag zündet der ältere Herr immer eine Kerze an und freut sich wenn auch ich ankomme und Blumen oder eine Kerze bringe.

Seine Frau sagte mir, er weiß die Todestage von allen ihren Tieren und er vergisst keinen. Da werden dann immer Kerzen angezündet.

Unser Tiegerle mussten wir ein paar Jahre vor Tussidos Tod einschläfern. Das arme Tierchen hatte Beckenbodenkrebs. Dr. P. hat mir eines seiner Fachbücher geholt und hat mir gezeigt wie ein normales Beckenskelett einer Katze aussieht.

Der Krebs hatte das Steißbein sozusagen „aufgefressen". Nur wir haben es dem Tierchen nicht angemerkt. Tiegerle war fit, fraß gut, war verspielt, fing draußen Schmetterlinge und Libellen. Das Fell war glänzend, die Nase kalt. Als wir feststellten dass irgendetwas nicht stimmt sind wir sofort zum Arzt und es gab leider wieder eine große Beerdigung.

Fast hätte ich vergessen ihnen von Susi zu erzählen. Also wir fahren meistens am 8. Dezember nach München. Da trifft sich halb Tirol. Wir haben hier in Österreich Feiertag und in Deutschland ist es ein normaler Arbeitstag.

Wir kamen abends so gegen 20 Uhr nach Hause. Da klopfte ETWAS an die Wohnzimmertüre. Ich schaute nach. Da saß eine kleine Katze auf der Terrasse und hat sich an der Türe bemerkbar gemacht. Also unsere Mädels gesichert und die kleine Katze reingeholt. Ich habe ihr Futter angeboten. Aber sie wollte keines. Ein bisschen gespielt, etwas aufgewärmt und sie wollte wieder gehen.

Ich habe ihr auf der Terrasse noch ein mollig warmes Schlafplätzchen eingerichtet. Wir wussten ja nicht ob sie ein Zuhause hat oder nicht. Und es war bitterkalt an diesem 8. Dezember.

Am nächsten Morgen war die kleine Katze nicht mehr da.

Vormittags um 10 Uhr klingelte es an unserer Haustüre. Draußen standen ein Mann mit seinen 3 kleinen Kindern und dazwischen die kleine Katze vom Abend davor.

Peter sagte zu ihm: ah gehen sie mit ihrer Katze spazieren. Nein sagte dieser, die Katze ist uns im Wald nachgelaufen und hat uns zu ihrem Haus geführt.

Sie ahnen schon was dann kam? Ja genau, wir hatten von da an noch ein Katzenmädchen im Hause. Ich bin mit ihr zum Tierarzt. Nachdem sie sich körperlich erholt hatte wurde sie operiert.

Unsere kleine Susi mochte absolut kein Katzenfutter. Die wollte Gebratenes, wir sagen dazu wenn ein Tier nur Gebratenes mag, sie isst nur „Menschenfleisch".

Also stand ich morgens um 6 Uhr in der Küche und habe für Susi Putenschnitzelchen gedünstet.

Eines schönen Tages ging Susi auf die Terrasse und ich bemerkte, dass sie ihr Halsband mit der Telefonnummer verloren hatte. Ich habe ihr sofort ein Neues umgebunden. Das war unser Glück im Unglück, sonst hätten wir nie erfahren, dass ein ungehobelter Flegel unsere Susi überfahren hatte.

Unsere 3 Mädels haben Susi abgrundtief gehasst. Besonders unser Tiegerle. Peter hatte das Büro im Hause und so ging Susi nach ihrem Frühstück mit ins Büro, mittags hat sie mit Peter und meinem Bruder mitgegessen und ging dann brav wieder ins Büro.

Ab und zu haben die beiden Susi durchs Bürofenster in den Garten geschubst, damit die kleine Lady mal etwas Sonne abbekam. Aber ein Dreher herum und Susi war wieder im Büro.

Sie hatte eine ganz wichtige Aufgabe übernommen, sie fing jedes Fax. Unser Fax hatte die Eigenheit dass es einen Piepston abgab sobald sich das Papier in Bewegung setzte. Und dieser Piep war für Susi ein Traum, so viele Mäuse kamen da an tagaus, taugein….

Tussido wurde am 20. Mai beerdigt und er schickte uns unseren Tommy, davon bin ich felsenfest überzeugt.

Ich gehe vielleicht zweimal im Jahr nach Locherboden (eine Wallfahrtskirche auf einem kleinen Berg). Eigentlich wegen der Fitness. Ich gehe immer den steilen Weg nach oben und wenn ich dabei ganz viele ältere Menschen überholen kann, komme ich mir wirklich fit vor!

Als ich wieder unten beim Auto ankam sah ich schon von weitem eine kleine Katze rumlaufen. Neben dem Parkplatz verläuft eine viel befahrene Straße die das Inntal mit dem Mieminger Plateau und weitergehend mit dem Außerfern und Deutschland verbindet.

An diesem Tag war sehr viel Verkehr, besonders LKW's fuhren ziemlich rasant den Berg rauf und runter.

Die kleine Katze näherte sich einer Gruppe von 4 Personen. Ich dachte ich werde verrückt, die haben die kleine Katze verscheucht und Richtung Straße getrieben.

Grundsätzlich kriege ich fast einen Herzinfarkt wenn ich Tiere auf der Straße sehe.

Wenn die kleine Katze überfahren worden wäre, ich weiß nicht was ich den Menschen erzählt hätte.

Also habe ich mich beeilt und habe die Katze gelockt. Die kam an, ging mit mir zum Auto, stieg ein und begann sofort an meinem T-Shirt zu nuggeln. Genau wie unser Tussido. Als ich zuhause ankam war mein T-Shirt nass von oben bis unten. Eine Nachbarin hat mir gerade ein paar Blumen gebracht und fand das so nett wie der kleine Kater an mir nuggelte. Sie hatte so was auch noch nicht gesehen.

Ich mochte die kleine Katze gar nicht anfassen. Es waren nur Haut und Knochen zu spüren. Also schnell etwas Katzenfutter, Katzenmilch und Wasser angeboten. Die kleine Katze hätte ½ Kilo auf einen Satz aufgefressen, so ausgehungert war das Tierchen. Nur das ging auf keinen Fall, das wäre ihr nicht gut bekommen.

Mir fällt gerade noch eine lustige Geschichte ein mit Katze und Straße.

Wir waren an einem schönen Sommerabend mit den Fahrrädern unterwegs und auf der Rückfahrt warteten wir an einer befahrenen Straße um diese zu überqueren. Da sah ich auf der anderen Straßenseite eine rote Katze sitzen. Hilfe! Ich bin unter Lebensgefahr über die Straße gelaufen, samt Fahrrad und habe die Katze zurück auf den Hof gejagt.

Da kam aus dem Nichts der Hofhund auf mich zu und hat mich gejagt. Der war so wütend auf mich und hätte mich fast „gefressen". Ich konnte so schnell gar nicht auf das Fahrrad kommen, so bin ich mit Fahrrad in der Hand gelaufen so schnell ich konnte.

Peter hatte einen Lachkrampf. Immer wenn ich an dem alten Haus vorbeikomme denke ich daran und muss auch heute noch lachen.

Wegen der kleinen Katze haben unsere Mietze und Chicca einen Terror veranstaltet. Es war unbeschreiblich. Ich habe ihnen erklärt, dass wir sie auch aufgenommen haben und aufgepäppelt haben. Aber das hat die zwei nicht interessiert. Die kleine Katze musste weg. Chicca hat ihr gleich einen ordentlichen Schlag versetzt und gedroht, niste dich bloß nicht bei uns ein!

Da rief ich eine ganz liebe, engagierte Tierfreundin in Telfs an und bat sie den kleinen Kater zu sich zu nehmen. Ach du meine Güte, die wollte morgen für eine Woche auf Urlaub fahren. Also dann in einer Woche. Solange werden wir unsere zwei wütenden Omis schon fernhalten können von dem kleinen Kater. Dieser kleine Kater musste ja auch einen Namen haben. Ich habe ihn vor mich hingesetzt und wie damals mit Tussido habe ich einige Namen ausprobiert. Als ich Tommy sagte, da hat er sofort darauf reagiert.

Tommy wusste in der Woche wo er bei uns bleiben sollte ganz genau wessen Herz er knacken musste. Meines war es nicht. Kurz bevor die Tierfreundin wieder aus dem Urlaub zurückkam, sagte Peter zu mir: den geben wir nicht mehr her den kleinen süßen Kater.

Er lag natürlich auch bei uns im Bett. Chicca hat ihr eigenes Kissen bei uns im Bett, Mietze lag immer an meiner Seite (und fiel manchmal vom Bettrand, wenn sie sich umdrehte) und nun der kleine Kater auf meinen Füßen.

Er war sooo glücklich und dankbar. Und er hat sich ganz prächtig raus gemacht. Er wurde natürlich geimpft und entwurmt.

Nur Mietze die konnte sich nicht an ihn gewöhnen. Eines Abends ging sie in den Wald, es regnete und war kalt. Da hat sich unsere Mietze erkältet und bekam eine Lungenentzündung.

Ich weiß nicht wie oft ich mit ihr zum Tierarzt gefahren bin. Auch zu einem Spezialisten. Da beschloss ich die Sache selbst in die Hand zu nehmen und kaufte mir das Buch über Heilkräuter und Tiere vom Pfarrer Weidinger. Und mit Silberwasser und Eukalyptusblätter-Tee haben wir die Lunge kuriert. Nach 5 Monate bekam Mietze eine ganz geschwollene Nase.

Dann kamen gerötete Augen dazu. Ich habe Salbe geholt beim Tierarzt. Aber die Salbe half nichts. Nach 2 Tagen bin ich mit ihr zum Tierarzt gefahren.

Mietze saß im Katzenkorb und hat geweint. Da lief ihr so verhasster Tommy zu ihr und hat ihr das Köpfen geleckt. Er ist ja so mitfühlend. Sie hat zum ersten Mal den Tommy nicht angefaucht, sondern hat es genossen, dass er sich so rührend um sie kümmert.

Dr. P. sagte zu mir, das wird dir jetzt nicht gefallen was ich dir sagen muss. Mietze hat Nasenkrebs, der die Augenentzündung ausgelöst hatte. Dieser „verdammte" Krebs kam so hinterhältig und in einer solchen Geschwindigkeit ....

Ich muss den P's mal eine große Packung Taschentücher bringen.

So schlimm war das wieder für mich. Aber Peter kann diesen Weg überhaupt nicht gehen, da hilft alles nichts. Man kann das Tier nicht leiden sehen und auch nicht leiden lassen.

So glücklich wir waren, dass die Lunge und Bronchien wieder ganz in Ordnung waren, so tief betrübt waren wir über die Diagnose und den traurigen Weg den wir gehen mussten.

Somit haben wir im Moment unsere Chicca mit 19 Jahren und unseren kleinen Lauser Tommy. Aber sie ahnen schon, dass das nicht alles ist. Sie haben Recht. Morgens und abends sitzen ein weiß/roter Kater und ein Whiskas-Werbe-Kater vor unserer Küchentüre.

Natürlich werden die zwei auch verköstigt. Vom weiß/ roten wissen wir wo er wohnt und angeblich ist der Whiskas-Werbe-Kater sein Brüderchen. Aber das finden wir noch raus.

Unser Tommy ist eine Wasserratte. Da schließt sich für mich wieder der Kreis zu unserer ersten gemeinsamen Katze Tina und das Nuggeln hat er vom Tussido. Der hat ihn uns auch geschickt. So nebenbei bemerkt, mittlerweile kennen wir noch zwei Brüderchen von Tommy, alle waren ausgesetzt und fanden einen Platz bei guten Menschen. Sie sehen sich alle gleich und haben alle genau die gleichen Marotten. Auch können alle drei nicht klettern.

Ein Brüderchen von Tommy lebt jetzt bei Tussidos 2. Zuhause. Ist das nicht eigenartig oder großartig. Da hat unser Tussido dran gedreht von seinem Zuhause aus in den Wolken.

Zum ersten Mal in unserem Leben mussten wir den Teich im Garten mit Stangen und Hasendraht überdachen. Denn unser Lauser springt auf das dünne Eis, findet es toll, dass er jetzt da drüber laufen kann. Versucht dann irgendwie in der Mitte Wasser zu trinken. Da hätten wir keine ruhige Minute mehr gehabt. Also überdachen, die beste Lösung.

Auch liebt er Wasserspiele in der Badewanne. Raus aus der Wanne, rein in die Wanne, Wasser fangen, schnell etwas trinken. Herrlich, toll, wunderschön.

Nur jetzt habe ich es ihm abgewöhnt, denn es stehen überall in den Gärten offene Plastikfässer um Regenwasser aufzufangen. Und wenn er da hineinfällt ist es passiert. Da kommt er nicht mehr heraus.

Mit einem Nachbarn hat sich Peter angelegt wegen Tommy. Er sagte, verkaufts doch den blöden Kater. Und wenn ihr ihn schon haben müsst, dann muss er halt in der Wohnung bleiben. Der Herr mag keine Tiere, brauche ich ihnen nicht zu erzählen.

Aber ich bin erstaunt, er hat in die Wassertonne ein Brett gestellt. Also sollte Tommy hineinfallen dann kann er vielleicht am Brett hochklettern.

Nur es nützt alles nichts, es sind fast in jedem Garten solche Plastikfässer. Da war es schon besser, dass wir die Wasserspiele eingestellt haben.

Jetzt spielen wir mit einem langen, dünnen Stab vom Strauch mit einem Faden dran und mit einem ganz langen Gras vom Teich.

Chicca hat sich mittlerweile mit Tommy arrangiert. Sie war ja nie alleine und ist jetzt froh, dass Tommy da ist. Manchmal schmusen sie ganz innig, manchmal springt sie ihn an mit ihrer besonderen Kampftechnik, dass er umfällt.

Bei uns im Wald gibt es so gut wie keine Mäuse. Nur einmal hat Tommy eine gefangen. Das Tierchen war tot (erinnern sie sich an die Maus von unserer Tina) und er saß davor und hat ganz laut miaut. Chicca kam ganz schnell gelaufen und half ihm. Wie das große Fressen geendet hat, habe ich mir erspart, das wollte ich nicht mit ansehen.

Tommy kann nicht klettern aber dafür kann er schwimmen und tauchen.

Er huschte eines Tages Nachbars Fliederbaum hoch und rutschte in eine Astgabel. Vorderpfoten und Hinterpfoten waren in der Luft. Der Brustkorb wurde zusammengedrückt und er hat nur noch geröchelt. Gott-Sei-Dank war ich in der Nähe und konnte ihn befreien.

Er war nicht all zu hoch geklettert da konnte ich ihn mit meinen 1,70 m gerade noch erreichen.

Dass er tauchen kann hat er gleich bei einem seiner ersten Ausflüge in unserem Garten unter Beweis gestellt. Er ist voller Elan losgesprintet und landete mit einem lauten Plumps im Teich. Da er ja nur Haut und Knochen war ging er unter und schwamm unter der Wasseroberfläche zum Ufer. Da konnte ich ihn problemlos herausfischen. Kurz geschüttelt und zum Abtrocknen reichte ein kleines Gästehandtuch. Er war ja nur eine Handvoll-Katze.

Man möchte meinen er würde sich vor Wasser nun fürchten, aber das Gegenteil ist der Fall. Er liebt Wasser, er kann stundenlang im strömenden Regen laufen. Wenn es ihm zuviel wird kommt er heim und wir rubbeln ihn trocken. Das liebt er und hält alle Stellen hin, die seiner Meinung nach noch nicht trocken genug sind.

Er frisst nur biologisch, dynamisch. Eigentlich frisst er sehr komisch. Abgesehen von unserer Susi sind seine Eßgewohnheiten eigenartig.

Zum Beispiel mag er kein normales Katzenfutter. Er liebt seine Knusperlis – sprich Trockenfutter – und ab und zu ein kleines Stück Rindfleisch zu Hackfleisch verarbeitet. Aber glauben sie nicht, dass, wenn ich Rinderhack vom Metzger mitbringe er das frisst. Nein er braucht dazu das Geräusch meiner Küchenmaschine.

Wir haben ihn so schon überlistet zum Nachhause kommen. Da er seit mittags nichts gefressen hatte, musste er also hungrig sein und das Geräusch der Maschine und die Aussicht auf ein kleines Rindersteak haben ihn angelockt.

Außerdem frisst er mit großem Genuss Libellen die aussehen wie Hubschrauber. Die knacken so schön wenn er reinbeißt. Mir wird fast schlecht bei dem Anblick.

Kürzlich hat Peter ihn beobachtet. Am Gartenboden hat sich eine Baby-Blindschleiche dahin geschlängelt. Er hat sie mit großem Appetit verspeist. Da kam die Mama-Blindschleiche hat gezüngelt und gedroht. Kurzerhand hat er der auch den Kopf abgebissen. Ich bin froh, dass ich das nicht gesehen habe!

Ja wir sind sehr froh und dankbar, dass wir den kleinen Racker haben und unsere Chicca noch fit und rüstig ist. Die Kleinste aus dem Wurf; beim Bäume fällen gefunden und unser Findelkind Tommy.

Chicca ergeht es jetzt so wie unserer Tina, Tina wurde ja auch von den jungen Katzen, wie soll ich sagen, aufgeweckt.

Chicca wird vom Tommy gerufen, wenn er Hilfe braucht.

Sie hat ihm auch Manches beigebracht. Unsere Freunde aus England sagen: „nothy things" hat sie ihm beigebracht. Zum Beispiel wie man die menschlichen Türöffner dazu bringt das Fenster abzuräumen, damit man durch das Fenster rein kann. Denn man muss durch das Fenster, darunter ist nämlich ein Abgrund von 2,5 Metern Höhe.

Nur eines hat ihm Chicca nicht gezeigt, Nämlich wie man Fische fängt. Das ist ihr Privileg. Und das ist auch besser so! Sonst haben wir nur wieder Ärger mit unserem Herrchen, wenn MEINE Katzen SEINE Goldfische fressen.

So schließt sich der Kreis und mit den Charakterzügen und Eigenschaften der Tiere bleiben die Erinnerungen an alle unsere Tiere immer lebendig.

Das Buch fing ja mit meiner Kindheit an. Alle meine Erinnerungen an meine ersten Tiere die mich begleitet, beeindruckt, verzaubert haben.

Mein Mann hat dazu gemeint, er hätte auch sehr schöne Erlebnisse in seiner Kindheit mit seinen Tieren gehabt.

Gut, gut, dachte ich mir, erzähle ich alle Erlebnisse mit Hund- Katze-Maus-Abenteuern aus dem hohen Norden und Klein-Peter.

Es begab sich in den 50ziger Jahren in Buxtehude in Niedersachsen, jenem legendären, zauberhaften Städtchen, da wo die Hunde mit dem Schwanz bellen. Und Hase und Igel den berühmten Wettlauf zwischen den Ackerfurchen vollführten. Das war die Heimat vom kleinen Peter und seiner Familie.

Da gab es eine Katze, und einen Schäferhund mit Namen Anka.

Wie die Katze hieß weiß er leider nicht mehr. Also nennen wir die Miezekatze Namenlos. Namenlos und Hündin Anka waren zusammen mit dem kleinen Peter im Haus, Feld und Garten unaufhaltsam unterwegs und unzertrennlich.

Meine Schwiegermutter erzählte mir, wenn Peter durch den Garten und über die Wiesen marschierte dann hatte er die Katze über die Schulter „geworfen", hielt sie am Schwanz fest, damit sie nicht wie bei Rock-n-Roll-Übungen nach hinten unkontrolliert abstürzen konnte und Anka hielt er am Halsband fest. So zogen die ungleichen „Stadtmusikanten" los und gingen auf Entdeckungstour.

Die Katze war die beste Freundin und Hündin Anka die Wächterin über die Zwei und Dritte im Bunde.

Es war in den 50ziger Jahren da marschierten am Haus in Buxtehude Soldaten vorbei.

Im Gleichmarsch – Schritt – Trab, Marsch, oder wie das heißt .... Klein Peter war begeistert, Feuer und Flamme, da musste er unbedingt mit. Also Anka aufgeht's, im Gleichschritt marsch.....

Dem Anführer der Soldatengruppe fiel natürlich der 5-jährige Stöpsel auf, der samt Hund die Nachhut bildete. Als sich der Weg gabelte ließ er die ganze Kompanie Halt machen. Ging zu dem kleinen Mann mit Hund zurück und sagte: jetzt musst Du aber wieder zurückgehen. Hast Du mich verstanden?

Also blieb der kleine Mann, samt Hund an der Wegkreuzung ratlos stehen. Er konnte nicht verstehen, warum er nicht weiter mit marschieren durfte. Erwachsene sind dooooooof!

Da kam ein Fahrrad in einer großen Staubwolke angebraust. Der große Bruder wurde als Späher ausgesandt den Kleinen zu suchen und nach Hause zu bringen.

Der Große war stinke sauer auf den Kleinen, schleifte ihn samt Hund nach Hause.

Aber das Erlebnis war so schön, dass der Kleine viele, viele Jahre später 4 Jahre zur Dt. Marine gegangen ist, zu den U-Booten. Nur vom Marschieren hielt er seit dem Abenteuer nicht sehr viel.

Die besagte Katze Namenlos hatte eines Tages kleine Kätzchen. Klein Peter war fasziniert und in einem unbemerkten Augenblick legte er sich auf den Bauch und versuchte genauso wie die kleinen Kätzchen Milch zu schlabbern.

Mami-Katze Namenlos hat sofort Platz gemacht, auch die kleinen Kätzchen rückten etwas zusammen und so war Platz für den großen Freund.

Peters Mutter hat fast der Schlag getroffen, als sie diese „Idylle" sah.

Ich glaube Peter weiß bis heute nicht, was schlecht daran war mit den Katzen Milch zu schlabbern. Er liebt, im Gegensatz zu mir, Milch heute noch sehr. Und an manchen heißen Sommertagen schleppe ich Milch literweise nach Hause.

Leute die uns nicht kennen, die denken ich habe eine 10-köpfige Familie mit Milch zu versorgen.

Als ich 1971 zu Weihnachten das erste Mal Peters Familie in Hamburg besuchte wurde ich herzlich aufgenommen Und als besonderes Highlight wurde ein Grünkohlessen veranstaltet.

Mein Gott, dachte ich Tiroler Mädchen, was essen

die Menschen bloß und dann zu Weihnachten? Spinat zu Weihnachten mit Kartoffen, Kassler, Würstchen…... Ganz vorsichtig habe ich probiert, hm, es hat gut geschmeckt. Das war meine erste Bekanntschaft mit Grünkohl und karamellisierten kleinen Kartoffeln. Aber es war nicht meine letzte Bekanntschaft mit dem Nationalgericht des Nordens. Mittlerweile, einige Jahrzehnte später, kann ich das Gericht sogar besser kochen als Peter. Und auch unsere Tiroler Freunde haben wir damit angesteckt mit dem Grünkohl-Virus. Und wenn es kalt und grau wird im Jahreslauf, dann fragen uns unsere Freunde hier: wann gibt es euer legendäres Grünkohlessen?

Meine erste Bekanntschaft habe ich an jenem Weihnachtstag 1971 auch mit Peters Katze namens Möhrchen gemacht. Möhrchen sah ein bisschen so aus, wie unser Lauser Tommy der heute unser Leben bereichert – nämlich schwarz/weiß.

Mit Möhrchen hatte ich sofort Freundschaft geschlossen. Sie saß beim Essen meistens neben mir und hat gebettelt. Roastbeef war ihre Leib- und Magenspeise. Als sie mein ganzes Roastbeef gefressen hatte, hat sie mir einen Hacker versetzt der nicht sehr freundlich war.

Du falsche Katze, frisst mein Roastbeef, und dann das! Aber der wahre Grund war auch, dass Möhrchen eifersüchtig war, dass ich ihren Freund auch meinen Freund nannte.

Mein guter Rat an alle Tierfreunde:

Unterschätzen Sie niemals eine eifersüchtige Katze, die ist zu allem fähig!

Apropo zu allem fähig. Ich hätte fast die Olympischen Spiele gewonnen im SPRINT.

Das kam so. Wir waren mit unseren Freunden 2001 im Monat September, der die Welt und auch uns veränderte, auf Corfu in einem wunderschönen Hotel.

Nach einem schönen Tag im wunderschönen Garten und der Pool-Landschaft des Hotels gingen wir ein bisschen umher. Kamen neben der Taverne zu einem gemauerten runden Platz, der in der Mitte einen uralten, knorrigen Olivenbaum hatte. Sehr dekorativ, einladen, richtig griechisch eben. Wir setzten uns alle Vier auf die Steinmauer, schwatzten, lachten, waren guter Dinge. Bis plötzlich aus dem Nichts eine Schlange durch die Steinmauer kam. In einiger Entfernung von uns, aber trotzdem gut sichtbar. Die verschwand auch wieder, bevor ich noch hysterisch werden konnte. Kam wieder, zeigte sich, verschwand wieder. Wir saßen alle noch ganz friedlich und entspannt auf der besagten kleinen Mauer.

Doch plötzlich zischte die Schlange zwischen Tony und mir aus der Mauer. Ungefähr 10 cm von meinen Beinen entfernt. Tja und da hätte ich die Olympischen Spiele im Sprint gewonnen! So schnell war ich noch NIE in meinem Leben. Die Kellner der Taverne haben sich kaputtgelacht und applaudiert. Ich glaube meine ganze gesunde Sonnenbräune war weg und ich war weiß wie die Tischdecken der Taverne.

Dann kam dieses Vieh ganz heraus, böse züngelnd und schlängelte sich auf den alten, knorrigen Olivenbau. Die Schlange war gut 1,30 m lang, vorne grün und hinten grau braun, genauso wie der Olivenbaum. Als die Schlange sich bequem auf einem Ast im Baum niedergelassen hatte, konnte man sie nicht mehr gut erkennen. So gut war ihre Tarnfarbe, eben grün und braun wie der Baum.

Der Kellner sagte zu uns, wissen Sie jetzt warum wir hier keine Tische mehr stehen haben?

Uns sind nämlich ständig die Leute abgehauen ohne zu bezahlen! Das wäre ich auch ganz bestimmt, hätte allerdings am nächsten Tag einen vorsichtigen Versuch gemacht meinen Capuccino oder Wasser zu bezahlen. Die Kellner haben uns noch aufgeklärt, dass die Schlange leicht giftig ist. Was immer das heißen mag. Giftig, ist giftig und eine Schlange noch dazu.

Dieses Erlebnis hatten wir ein paar Tage vor dem 11.September 2001. Dem Tag der die Welt veränderte und man das Gefühl hatte an manchen Enden der Welt hat sich die Hölle aufgetan.

Terror, Katastrophen, viele unschuldige Menschen die ihr Leben lassen mussten. Ist es wirklich mehr geworden, oder sind wir nur durch die Ereignisse viel sensibler geworden?

Ich stelle mir ab und zu diese Frage? Finde aber keine befriedigende Antwort darauf.

Komisch auch dass ich immer wieder so Erlebnisse mit Schlangen habe, obwohl ich sofort und ohne Vorwarnung hysterisch werden könnte oder ungebremst in Ohnmacht fallen möchte.

Auch als mich Peter bat vom Hamburger Fischmarkt, der gerade in Innsbruck zu Gast war, ihm einen Aal mitzubringen. Diese „Schlange" bohrte sich in meinem Korb durch das Einwickelpapier durch. Ich sah diesen Kopf und der Korb, samt dem Eingekauften und der „Schlange" landete im Wald. Obwohl ich wusste, dass dieser Aal mausetot war ekelte ich mich so davor und wurde das Gefühl nicht los, dass sich der Aal sofort aus dem Korb schlängeln wollte.

Ein einschneidendes Erlebnis hatte ich auch auf Kreta. Unserer Lieblingsinsel.

Es war ein schöner Sommertag. Wir wollten einen ruhigen Tag am Meer verbringen. Peter hatte sich schon ein schönes Fleckchen am Meer „erobert" und ich trödelte etwas später nach. Plötzlich sah ich eine von uns versorgten kleinen Kätzchen mit einer Schlange kämpfen.

Ich mutig, wild entschlossen hin um das Kätzchen zu retten. Erstmals habe ich die kleine Katze hochgenommen. Dabei waren meine Finger keine 15 cm von dem Schlangenmaul entfernt. Aber vor lauter Sorge habe ich die Gefahr völlig verdrängt. Die kleine Mieze hat gekämpft, gemaunzt, die wollte unbedingt IHRE Beute haben.

Links die kämpfende, wütende kleine Katze, rechts meinen Badeschuh mit dem ich versuchte die böse Schlange weg zu schleudern. Das ist mir leider nicht gelungen. Dafür bildete diese zwei Kreise und in der Mittel züngelte böse die gespaltene Zunge.

Wieso macht eine Schlange zwei Kreise? Alles was ich kannte war, dass Schlangen einen Kreis bilden.

Durch das „Schlachtgeheule" der kleinen Katze kam das kleine Geschwisterchen angelaufen um zu helfen.

Inzwischen ist es mir gelungen Peter von seinem schönen Plätzchen am Meer zu Hilfe zu rufen.

Der kam, sah und siegte.…... Es gelang ihm die Schlange mit seinem Pantoffel wegzuschubsen. Diese landete auf einer struppigen Wiese und verschwand sofort in einem Mauseloch. Die zwei kleinen Katzen waren fassungslos. Ihre schöne Beute verschwand. Und als nur noch das allerletzte Spitzchen der Schlange aus dem Loch ragte, biss ein Kätzchen hinein und zog die Schlange wieder aus dem Loch.

Das war zuviel für mich! Ich musste nur noch schneller als schnell weg von hier. Denn ich wollte nicht miterleben, wie die böse Schlange die Kätzchen biss.

Zu Hause angekommen erzählten wir dieses Abenteuer einer Griechin. Da wir die Schlange ja nun ganz nah erlebt hatten, konnten wir sie sehr gut beschreiben. Da hat sie uns erklärt, dass dieses Reptil sehr giftig ist und man ein Gegengift benötigt. Ach herrje, gut, dass wir diese Information erst einige Wochen später erhalten haben.

Da waren wir doppelt froh, dass keiner von uns gebissen wurde und auch den zwei kleinen Kätzchen nichts passiert ist. Die haben uns noch die ganzen restlichen Urlaubstage besucht und uns erfreut.

Wahrscheinlich lernten die von ihrer Katzenmama wie man solche Ungeheuer bändigt und vermutlich auffrisst. Vielleicht ist es auch an manchen Tagen die einzige Nahrung die diese armen Tierchen finden.

So ist es eben, andere Länder, andere Sitten. Na gut unser kleiner Tommy frisst auch Baby-Blindschleichen ....

Mit den kleinen Kätzchen, einem Hund und anderen Tieren hatten wir noch mehr Erlebnisse in dem besagten Urlaub.

Wir hatten unser Zimmer im Hotel im Parterre mit einer kleinen Terrasse zum Meer hin.

Am späten Nachmittag als wir wieder zurück ins Zimmer kamen, spazierte ein Gecko munter auf unserer Zimmerdecke umher. Kopf nach unten.

Irgendwann habe ich mal gelernt, dass diese Tiere Saugnäpfe an den Füßen haben und auch glatte Glasflächen oder eben am Plafond spazieren gehen können.

Hotelzimmer im Süden sind ja meistens sehr hoch. Wir haben mit allen Hilfsmitteln versucht diesen Herren von der Decke zu bekommen um ihm im Garten seine Freiheit zu geben.

Ich mag mir gar nicht vorstellen, wenn dieser „Herr" nachts über mich spaziert wäre!

Irgendwie haben wir es mit vereinten Kräften geschafft und den Gecko vom Plafond geholt, nach draußen befördert, und, oh Schreck.... da hat eine von den kleinen Kätzchen den Gecko aufgefressen.

So ist das Leben, fressen und gefressen werden. Komisch da macht man Anstrengungen, abenteuerliche Kletterpartien, streckt sich nach der Decke und dann.... Wie im richtigen Leben auch.

Wir wollten wieder mal einen ruhigen Tag am Meer verbringen mit lesen, Kreuzwort-Rätsel, Sudoku, usw.... Spazierten also mit den Strandutensilien los. Aus dem Nichts kam ein schöner Schäferhund, gepflegt und mit Halsband und Marke dran. Also gut, der Hund hatte ein Zuhause. Ich bin immer beruhigt wenn wir irgendwo in südlichen Gefilden ein Tier treffen das „Eltern" hat, die sich darum kümmern.

Ganz selbstverständlich stapfte er neben Peter zum Strand und setzte sich „very close" mit Peter auf die Strandliege.

Bei der Wärme und seinem dicken Fellchen, dazu Peters Körperwärme. Na gut wenn er es so haben will. Er wurde natürlich gekrault und gestreichelt und was man halt so aufführt mit einem süßen Streuner.

Irgendwann wurde es ihm wahrscheinlich zu langweilig und er verschwand.

Als wir am späten Nachmittag auf unsere Terrasse kamen, saß er da und in einiger Entfernung „unsere" Katzen.

Wasser ist ja immer das große Problem der Tiere im Süden. Also habe ich ihm einen Napf voll Wasser serviert. Er schaute mich mit großen Augen an. Biss in den Napf und schüttete mir das ganze Wasser auf die Füße.

So nach dem Motto, da wasch Dir die Füße damit, aber unterstehe dich mir so WAS anzubieten. Er wollte nämlich lieber eine Dose Katzenfutter haben.

Dieser Hund kam nie ohne ein Geschenk. Aus irgendwelchen Mistkübeln in der Stadt zusammengeklautes Zeugs. Mal Futterdosen mit verfaulten, stinkenden Futterresten drinnen. Mal eine Plastiktüte in dem irgendein Mist eingewickelt war. Lauter schöne Dinge in seinen Augen. Ich habe mich immer sehr herzlich bedankt und diese Geschenke außerhalb des Hotels entsorgt.

Eines Tages, Peter saß auf der schönen Terrasse des Hotels und ich kam gerade um die Ecke. Da sah ich unseren Lieblingskellner Maniolos (er konnte die tollsten Drinks mixen und die Verzierungen erst, meine Herren!) und „unseren" Hund diskutieren. Der Hund sah mich, raste auf mich zu, umarmte mich, beide Vorderpfoten auf meine Schulter legend.

Gott-Sei-Dank habe ich die Situation sofort erkannt und habe mich abstützen können. Denn der Hund hatte eine ganz schöne Kraft, sein Gewicht war auch nicht ohne.

Er hat mich feucht begrüßt und mich herzlich links und rechts geküsst. Die tierlieben Menschen auf der Terrasse fanden es süß, die anderen eklig, doof, unangebracht, was weiß ich.

Oh gut, sagte Maniolos, gut, dass der Hund dich so mag. Kannst Du mir helfen ihn vor das Hotel zu bringen. Die Manager wollen ihn hier nicht haben. Also gut. Er hatte ja eine Hundemarke und ist sehr gepflegt, also hat er ein Zuhause.

Ich ging mit Kellner und Hund vor das Hotel. Damit sich die Hoteltüre schnell wieder öffnet ist Maniolos in die Höhe gesprungen um den Sensor auszulösen.

Unser Hund sah das, kam hinter uns her gelaufen, sprang ebenfalls in die Höhe und die automatische Türe war offen und er konnte hinein.

Meine Güte ist das ein schlaues Tier, waren meine Gedanken. Und Maniolos und ich mussten lachen und begleiteten den Hund wieder vor das Hotel.

Diesmal ein Stückchen weiter um ihn abzulenken. Er hat auch etwas entdeckt was ihn für ein paar Minuten abgelenkt hat und wir konnten ohne ihn ins Hotel zurück.

Als Peter und ich gegen Mitternacht in unser Zimmer gingen hat mich fast der Schlag getroffen. Denn ich bin im Dunkeln auf die Terrasse gegangen und mit einem Mal spürte ich etwas an meinen Beinen und es gab einen dumpfen Knall, Etwas wurde vor meine Füße geworfen. Die Sekunden bis das Licht an war habe ich irgendwie, mit Herzklopfen bis an die Haarspitzen, überlebt.

Der dumpfe Knall stammte von einem Widderkopf.

Da wollte uns unser Hund ein ganz besonders schönes und wertvolles Geschenk machen und brachte von irgendeinem Metzger oder Bauern einen Widderkopf mit.

Wir haben uns sehr bedankt und mit Todesverachtung den Kopf entsorgt.

Nur komischerweise ist dieser Kopf unseren ganzen Urlaub hindurch immer wieder aufgetaucht. Mal auf der Wiese vor unserer Terrasse, mal nahe am Meer, mal hier, mal da…

Ein paar Erfahrungen haben wir auch mit unserem „Rudi" auf Corfu erlebt.

Eines Tages war mitten unter den Gästen im Hotel ein kleiner Hund, Marke Tiroler Bracke.

Ziemlich ungewöhnlicher Anblick in Griechenland.

Dieser schokoladenbraune Hund war verspielt, zutraulich, wurde von vielen Gästen verwöhnt und gefüttert.

Und irgendwie wurde diskutiert was mit dem Kleinen geschehen soll, wenn das Hotel schließt, wer nimmt ihn mit. Es wurde eifrig telefoniert zwischen Corfu, England, Deutschland, Österreich, Belgien, und wer weiß wohin noch.

Übrigens den Namen Rudi hat ihn unsere Freundin Audrey gegeben. Aber der Name war so passend, dass ihn alle so gerufen haben.

Eines Morgens ging es dem kleinen Hund ziemlich schlecht. Er musste sich übergeben. Ich bin zu ihm gegangen und habe ihn gestreichelt und ihn mit Wasser versorgt.

Da sagte ein Herr aus Wien, der mit seiner Frau und Enkelkind in unserer Nähe war: schau mal die Frau ist dämlich, kümmert sich um den Köter.

Wir haben mit unseren Freunden uns nur auf English unterhalten. Und aus Höflichkeit haben auch wir miteinander nur English gesprochen.

Peter rief mir zu über alle Köpfe der Menschen hinweg. Marlies, weißt Du dass du dämlich bist, weil Du dich um den Hund kümmerst.

Gut, habe ich zurückgerufen, dass ich keine Menschen mag die Tiere verachten.

Tja das war das Ende eines schönen Tages im Garten des Hotels für dieses Wiener Paar.

Eigentlich konnten die uns die ganze Zeit nicht mehr in die Augen sehen.

Aber es blieb noch die Fragen, was soll mit dem süßen Hund geschehen wenn.......

Audrey und Tony haben uns zu einem Ausflug mit dem Schiff eingeladen nach Parga und Paxos, Antipaxos.... Wir standen wie verabredet um ½ 6 Uhr morgens vor dem Hotel und warteten. Busse mit Reiseleitung hielten an, schauten auf unsere Buchungsunterlagen, aber keiner war der Richtige. Wir warteten und warteten, die Zeit verging. Es war mittlerweile schon 7 Uhr. Der Magen hing in den Kniekehlen, keinen Kaffee gehabt, eh kein Morgenmensch, blöder Bus wo bist du........ Da sagte plötzlich Audrey, schaut mal da hin

Wir schauten und glaubten zu träumen. Das Nachbarhotel war unbewohnt, nur wahrscheinlich die Besitzer waren da und aus dem Erdgeschoss kamen Mamahund, Baby Rudi und als Nachhut Papahund. Somit wussten wir dieser süße Racker hatte ein gutes Zuhause. Nur dem war langweilig und so kam er in unser Hotel, da war es sehr viel lustiger.

Eigentlich waren wir schon etwas sauer, dass uns der Bus versetzt hatte, aber für diese gute Nachricht, dass Rudi ein Zuhause hatte, hat es sich allemal gelohnt so früh aufzustehen und ohne Frühstück vor dem Hotel zu warten.

Am späten Nachmittag hat Audrey von ihrem Balkon im Hotel aus beobachtet, wie Rudi die feindliche Übernahme seines Abenteuerspielplatzes in Angriff nahm. Er ging entlang des Zaunes und gelangte so ans Meer. Sprang kurz entschlossen hinein und schwamm um den Zaun herum und schon war er angekommen. Die Abenteuer konnten beginnen. Wo seid ihr Leute, auf geht's, hier bin ich…..

Ich brauche Ihnen nicht zu erzählen wie dreckig der kleine schokoladenbraune Hund aussah?

Voll Sand, und durch und durch nass, salzverkrustet……aber glücklich und zu allen Schandtaten bereit.

In dem Hotel gab es Lilly und 4 kleine Babys.

Lilly war eine dreifarbige Katze. Also wie sie wirklich hieß weiß ich nicht, Lilly wurde sie von mir getauft.

Wenn ich sie morgens und abends besuchte, rief ich schon von weitem Lillylililili und das Tierchen kam an im gestreckten Galopp. Denn sie wusste ganz genau, dass ich immer etwas Gutes dabei hatte. Später kamen auch ihre Kleinen mit, so schnell die kleinen Katzenfüßchen konnten.

Am zweiten Abend nach unserer Ankunft saß ein Mann auf einer Mauer in Lillys Nähe. Als ich näher kam, sah ich dass er weinte. Ich fragte, ob ich helfen kann, was denn los sei. Er saß auf der Mauer in einem schönen hellen Anzug, gepflegt und man sah, dass er gut situiert war.

Er nannte mir seinen Namen und dass er Banker aus Luxembourg sei. Sein Problem war, dass er Morgen nach Hause fliegen muss und die Kätzchen da sind alle krank und unversorgt…..

Also ich konnte ihn beruhigen, ich würde mich ganz fest um die Katzen kümmern und wegen der Krankheit hatte ich auch schon eine Lösung.

Denn das größte Problem der Tiere sind Würmer. Also haben wir immer erst Wurmtabletten in einer Apotheke gekauft und die Tiere vorschriftsmäßig entwurmt.

Wir sind also morgens ganz früh mit dem ersten Hotelbus in die Stadt gefahren in eine Apotheke, haben alles besorgt.

Der Herr aus Luxembourg hat sich bedankt und hat mir versichert er fliegt jetzt erleichtert nach Hause.

Lilly und ihre Babys wurden von ganz vielen lieben Menschen gut versorgt.

Der Gärtner sah etwas unfreundlich aus und ich habe ihn erlebt wie er Rudi einfangen wollte. Da machte ich mir große Sorgen um Lilly und die Babys.

Eines Morgens kam ich bestückt mit Katzenfutter und Wasser zu Lilly. Da stand der Gärtner auf einen Rechen gestützt vor der Familie. Oh Gott, der will denen was antun.

Aber er erklärte mir auf Griechisch und mit Händen und Füßen, dass er die Katze mag.

So kann man sich täuschen.

Ich war erleichtert, dass er freundlich zu den Katzen war. Da konnte Lilly in Ruhe ihre Kinder großziehen.

Es war Nachmittag, 11.September 2001. Dieses Hotel auf Corfu hatte eine Hütte auf dem Grundstück, wo man sich kreativ betätigen konnte. Seidenmalen, Papier schöpfen, Traumfänger basteln, all solche schönen kreativen Dinge. Ich wollte an dem Nachmittag malen gehen. Peter hatte keine Lust mehr am Strand zu sein, auch keine Lust sich kreativ zu betätigen. Also ging er aufs Zimmer.

Als ich einige Zeit später ihm aufs Zimmer folgte, dachte ich mir der tickt nicht mehr richtig. Schaut sich einen Horrorfilm an im Fernsehen. Das war doch sonst nicht sein bevorzugtes Fernsehprogramm. Es wurde immer und immer wieder gezeigt wie ein Flugzeug in ein Hochhaus fliegt. Ich schaute Peter ziemlich fassungslos an. Er meinte nur, das ist echt, New York, Terroristen. Und in diesem Moment, die Stimme des Reporters hat sich fast überschlagen, krachte das 2. Flugzeug in das zweite Hochhaus.

Fassungslos habe ich mich auf das Bett gesetzt und auf den Fernseher gestiert. Hilfe! Wer macht so etwas? Warum? Was ist mit den Menschen? Ja und kurze Zeit später fielen die Zwillingstürme zusammen wie Kartenhäuser aus Bierdeckeln.

Dieses Ereignis war natürlich DAS Gesprächsthema beim Abendessen, auf der Terrasse, beim abendlichen Spaziergang. Irgendwie kam jeder mit jedem ins Gespräch und alle Nationen waren gleichermaßen fassungslos und entsetzt.

Wie sollten wir denn nach Hause kommen. Wir hatten zwar noch 10 Tage Urlaub. Flughäfen gesperrt! Gut dann müssen wir halt mit einer Fähre bis Venedig fahren und dann weiter mit dem Zug, oder ein Auto mieten.....

Als wir dann wirklich am Ende unseres Urlaubs von einem Michael Schumacher Verschnitt, der mit uns mit 110 Sachen durch die Stadt brauste, zum Flughafen gebracht wurden, war keine Spur von besonderen Maßnahmen zu sehen.

Im Gegenteil so schlampig wie unser Gepäck kontrolliert wurde, das haben wir noch nie erlebt. Die Herren von der Security haben mehr den hübschen Mädels nachgeschaut.

Aber im Flugzeug wurde ein etwas arabisch aussehender, etwas zurückgebliebener Mann vom Notausgang umgesetzt. Man hat ihm einen anderen Platz angeboten. Das hat mich schon sehr beruhigt.

Obwohl dieser Mann ganz harmlos war. Aber durch das Ereignis in New York hatte man doch ein mulmiges Gefühl.

Einige Jahre später auf einem Flug nach Teneriffa von München aus mit Zwischenstopp in Nürnberg saß ein ganz unheimlich aussehender Mann im Flugzeug. Wir waren bis zum Zwischenstopp in Nürnberg vielleicht 30 Personen an Bord. Dieser dunkel aussehende Herr wollte unbedingt am Notausgang sitzen.

Wir setzten uns dahinter und ich habe überlegt, wenn das ein Terrorist ist was ich machen würde. Ich habe meinen Gürtel geöffnet um den im Notfall ganz schnell raus zuziehen und damit hätte ich die finstere Gestalt gefesselt, erwürgt, was auch immer. Eine Stewardess hat sich auf die andere Seite des Notausganges gesetzt, das Gesicht zu der finsteren Gestalt. Auch die hatte ein ungutes Gefühl. Als ich später Peter erzählt habe, was ich mir so als Terrorbekämpfung ausgedacht hatte, sagte er mir, auch er hat überlegt was zu tun ist, wenn der Herr ein Terrorist gewesen wäre.

Komisch früher hatte man nie ein ungutes Gefühl im Flugzeug, aber dieser 11. September 2001 hat viele sensibilisiert und auch etwas ängstlicher gemacht.

Ohne auch nur einen einzigen Gedanken an Terror zu verschwenden reisten wir das erste Mal nach Kreta im Oktober 1993. Wir haben uns gesagt, wir können nicht alle Tiere retten, man kann nur versuchen ihnen zu helfen, auch Hilfe organisieren über die Abreise hinaus......

Gleich zu Urlaubsbeginn kam eine Katzenmutter und legte Peter ein kleines Kätzchen vor die Füße. Sie wusste wen sie überzeugen musste.

Da sind wir ganz schnell in ein kleines Geschäft gegangen und haben Katzenfutter gekauft. Nur wir hatten keinen Dosenöffner und die freundliche Griechin aus dem Geschäft auch nicht. Ich bat sie um ein starkes Messer und habe den Deckel der Dose Millimeter für Millimeter eingeschnitten. Besorgte Augen verfolgten mein Tun und die Griechin hatte vorsorglich ihre Hausapotheke vor mir aufgebaut mit Pflastern und Verbänden.

Aber wie heißt es so schön, gut ist es gegangen, nichts ist geschehen und wir konnten der Katzenmutter auf einem Gummibaumblatt ein Abendessen servieren.

Am nächsten Tag, wir trauten unseren Augen nicht, saßen ganz viele Katzen, Ältere, Halbwüchsige, Halbstarke um die Katzenmutter herum und haben gebettelt.

Irgendwie waren die alle miteinander verwandt und eine große Familie und jeder hat jedem sein Fressi gegönnt. Es gab keine Streitigkeiten um das Futter.

Abends im Speisesaal lief eine kleine „Dröhte" durch die Reihen. Miau, miau, aber in einer Lautstärke da konnte man nicht weiter essen.

Tierliebe Menschen haben die kleine „Maus" versorgt und sie gefüttert.

Eines Abends kam die „Dröhte" auch zu uns an den Tisch. Miau! Ich habe für sie schon ein paar besonders gute Bissen aufgehoben und wollte sie gerade servieren, da stand der Restaurantleiter neben mir und erklärte mir, dass er das nicht wolle.

Es entstand eine lebhafte Diskussion und ich erklärte ihm, wenn er nicht möchte, dass diese süße kleine Katze zum Abendessen kommt, muss er ihr vor dem Restaurant ihr Fressen servieren. In meiner Gegenwart hungert kein Mensch oder Tier, haben sie mich verstanden Mister? Er ging wortlos davon und ich fütterte die Katze.

Am nächsten Abend als wir zum Restaurant kamen, saß die kleine Katze vor dem Restaurant vor einem riesigen Berg Fisch.

Ich habe mich sehr gefreut, dass die Diskussion nicht umsonst war und die kleine Katze nicht mehr ins Restaurant zum betteln gehen musste. Habe mich auch dementsprechend beim Restaurantleiter bedankt. Er hat nur verlegen gelächelt.

Apropo betteln. Da hatten wir auch so unsere Erfahrungen gemacht in einem anderen Urlaub in Tunesien. Abends kam immer eine weiß/rote Katzenmammi ins Hotelrestaurant zum dinner. Viele Menschen haben das Tier versorgt und gefüttert. In diesem Hotel reichten die Tischdecken bis auf den Boden und darunter konnte die Katze wunderbar verschwinden und ganz in Ruhe ihr Abendessen verspeisen.

Gerne kam sie auch zu uns an den Tisch.

Eines Abends kamen neue Gäste an und wurden an den Nachbartisch geleitet. Die Katzenmammi hatte gerade ihr Abendessen verspeist und kam unter der Tischdecke hervor um wieder zu ihren Babys zu gehen. Bäuchlein war voll. Genug gegessen für heute.

Die Frau am Nachbartisch wurde fast hysterisch. Eine Katze, eine Katze… Sohn und Mann konnten sie gerade noch beruhigen. Am nächsten Abend das gleiche Spiel, Katze war satt und kam unter der Tischdecke hervor. Die Nachbarin sprang hysterisch auf, schnappte ihren Orangensaft und rannte zum Restaurant hinaus. Sie hat sich fürchterlich beschwert beim Restaurantleiter über dieses „Vieh" und über uns die sich erdreisteten das Vieh zu füttern.

Als wir das Restaurant verlassen haben, sagte der Restaurantleiter zu uns:

Wir haben eine Katze in Halbpension. Wenn Sie wollen Madame können sie gerne nachdem die Gäste gespeist haben nochmals kommen und die Scampis von den Ständern nehmen und an die Katzen verfüttern. Er lächelte sehr verschmitzt dabei.

Am nächsten Abend warteten wir vergebens auf die

Katzenmammi. Wir erkundigten uns bei tierlieben Gästen, die auch immer die Katze versorgten. An dem Abend war die Mammi etwas früher dran, hatte wohl noch eine Verabredung.

Also gut, heute keine Katze unterm Tisch.

Da kam die hysterische Katzenfeindin mit Mann und Sohn zum Abendessen. Peter machte sich einen Spaß daraus. Er hob die Tischdecke hoch und sagte: ach du süße Katze, du liebes Tierchen, bist du schon satt.............Da sprang besagte Dame wieder auf. Der Stuhl fiel polternd um und sie rannte davon, so schnell sie konnte.

Ich glaube Madame ist 10 kg leichter nach Hause geflogen. Vor lauter Katzenhysterie kam sie nicht zum essen.

Die Katzenmutter hatte in einem offenen, nicht genutzten Kamin ihr Wohnzimmer eingerichtet. Gäste hatten Handtücher geopfert, damit es die Familie weich, warm und kuschelig haben sollte.

Es war unerträglich heiß und eine Dame in unserer Nähe sagte: die kleinen Kätzchen brauchen dringend Milch.

Also gut, so ging ich in die kleine Bar in der Hotelanlage. Ich habe nur nicht bedacht, dass diese Bar nur von muslimischen Männern besucht wurde. Da kam ich nun im Badeanzug herein und bestellte ein Glas Milch. Der Barkeeper war sehr bemüht mich schnell los zu werden und als wir geklärt hatten, was für Milch es sein sollte war auch ich froh, als ich wieder draußen war.

Nur wie sollten die Kätzchen denn aus einem Glas Milch trinken? Ach du meine Güte, da musste ich nochmals in diese Bar gehen und die Herren um einen Aschenbecher bitten.

Unser Zimmer in dem Hotel war ganz oben, praktisch im 3.Stock und aufs Dach konnte man vom Eingangstor, das wie 2 Wehrtürme gebaut war, gelangen.

Ich hörte nachts immer irgendwie Schritte auf dem Dach und auch eine Katze miauen.

Eines abends als wir zurück ins Zimmer kamen verließ fluchtartig eine weiß/getigerte Katze unser Zimmer. Ich habe ihr Futter auf den großen Balkon gelegt und diese Katze kam von nun an täglich. Sie holte sich immer ein ganz bestimmtes Hemd von Peter vom Stuhl und legte sich darauf. Blieb fast die ganze Nacht bei uns und verabschiedete sich irgendwann im Morgengrauen. Miau, ciao, bis heute Abend……

In so manchen Hotels ist es üblich, besonders von einem hier nicht näher beschriebenen Völkchen, Liegen zu reservieren. Auch wenn man erst am späten Nachmittag eine Liege benutzen wollte, es musste morgens schon reserviert werden.

Eines Morgens bin ich so gegen 5.30 aufgewacht. Ach dachte ich mir, dann gehe ich halt auch mal reservieren und sehe dabei zu wie die Sonne aufgeht.

Am Strand große laute Diskussionen, Bayerischer Dialekt und leisere französisch/deutsch gefärbte Einwände. Da schrie plötzlich der Bayer: ich werde dafür sorgen, dass sie ihren Job verlieren. Ich will 2 Liegen und 2

Stühle. Der Staff hatte die Anweisung pro zwei Liegen einen Stuhl zu vergeben.

Obwohl ich absolut kein Morgenmensch bin habe ich mich voll eingemischt. Das durfte doch nicht wahr sein. Da kommt so einer dahergelaufen und bedroht diesen armen alten Tunesier. Der konnte noch nicht einmal richtig verstehen, worum es da ging. Und dann wollte er ihn auch noch um seinen Job bringen. Na da ging mein Gerechtigkeitssinn mit mir durch. Der Bayer hat mich um 2 Köpfe überragt, der Tunesier war viel kleiner als ich. Das Ende vom Lied war, der Staff hat mir 2 Liegen samt Auflagen an einen schönen Platz getragen, auch einen Stuhl dazu und den Bayern hat er links liegen gelassen. Der ist dann wutschnaubend abgezogen.

Gleicher Tag – später Nachmittag.

Peter und ich wir haben am Strand auf unseren 2 Liegen Rummy gespielt. Plötzlich fiel ein Schatten auf uns und der alte Tunesier kam zu uns. Setzte sich und wollte auch das Kartenspiel erlernen.

Peter hat es ihm erklärt und hat 3 Mal mit ihm gespielt. Dann spielten wir alle zusammen. Einmal habe ich gemischt und die Karten verteilt, dann Peter und dann der ältere Herr. Dieser nahm die Karten hoch, fächerte die Karten auf und konnte sie alle, so wie sie waren ablegen und das Spiel beenden.

Das erste Mal dachte ich das ist Zufall, das gibt es im Leben nur einmal. Das zweite Mal wurde uns komisch und beim dritten Mal wurde uns richtig kalt bei 30 Grad im Schatten.

Dieser ältere Mann aus Tunesien war kein Mensch aus Fleisch und Blut, der war außerirdisch, oder was weiß ich …. Auf jeden Fall unheimlich, unheimlich….

Er hatte hellblaue Augen, da konnte man durchschauen. Das war das letzte Mal dass wir diesen Mann gesehen haben. Er war nicht mehr unter den Bediensteten im Hotel.

Mich schaudert es heute noch bei den Erinnerungen daran.

Zwei Tage später fuhr ich mit dem Lift vom 3. Stock nach Parterre zum Ausgang. Im 1. Stock stoppte der Lift, die Türe ging auf und der aufbrausende, schreiende Bayer wollte einsteigen.

Da sah er mich und ging rückwärts wieder aus der Liftkabine, nahm freiwillig den nächsten Lift. Das hat mir gut getan. Ich hätte schon meine Krallen nochmals ausgefahren, zumal der freundliche, ältere, unheimliche Tunesier verschwunden war.

Das sind schon Erlebnisse. Tja wenn einer eine Reise tut, dann kann er was erleben.

Wir hatten noch viele Erlebnisse auf unseren Reisen.

Abenteuerlich fing unser Urlaub damals auf Tunesien schon an. Erstmals sind wir in dicken, dicken Regenwolken geflogen. Der Pilot meldete sich und sagte: Monastir, 25 Grad, wolkig, Luftfeuchtigkeit 98 Grad….. Peter stupste mich an und sagte zu mir, der gute Mann hat sich verflogen. Wir landen bestimmt in Norwegen.

Aber nein der Mann hatte sich nicht verflogen. Es war, was ziemlich ungewöhnlich für diesen Flecken Erde im Sommer war, regnerisch und grau in grau.

Das Hotel hat uns mit einem, na fast, Amphibienfahrzeug abgeholt. In den Straßen stand das Wasser. Reiher wussten nicht mehr wo Meer und Strasse war und fischten auf den breiten Asphaltstraßen. Kinder standen bis zum Bauch im Wasser und schwammen auf den Straßen. Die fanden das ganz toll, wunderschön…..

Als wir im Hotel ankamen sahen wir nur blasse Touristen, schwarze Einheimische, eigentlich miese Stimmung. Da hat man uns erzählt, dass es seit einer Woche schon regnete. Die Gäste die jetzt beim abreisen waren, haben nicht einmal die Sonne gesehen. Na dann gute Nacht Marie. Aber wir hatten ja unser Tellerchen leer gegessen, waren brav und folgsam, da wird die Sonne schon wieder hervorkommen. So war es dann auch. Wir hatten 14 Tage wunderschönes Wetter.

Lustig war es auch bei unserer Ankunft. Man musste so ein Formular ausfüllen, wie lange bleiben sie hier, wann fliegen sie wieder nach Hause, u.s.w……

Es bildeten sich an allen Schaltern lange Schlangen und es ging nicht voran. Wir sind von einem Schalter zum anderen gewandert in der Hoffnung schneller dran zu kommen.

Wir also in einer Warteschlange. Da ruft der Zöllner, Polizist, oder Einreisebeamte, wer auch immer das war, ob ich einen Kuli hätte. Ja ich hatte. Einen ganz besonders schönen auch noch. Ich dachte der hilft den Leuten das Formular ausfüllen und sein Kuli streikte. Aber nein. Der Herr hatte extra lange Taschen draußen auf der Hose aufgenäht und darin verschwanden die Kulis auf Nimmerwiedersehen. Mein schöner Kuli!

Da sprach er plötzlich Peter an, er wollte mich gegen 1000 Kamele eintauschen. Stellen sie sich einmal vor, der hat wirklich überlegt ob er die Kamele nehmen soll. Nur wusste er nicht wohin damit, das war mein Glück. Und auf Französisch sagte er zu mir: lass den Deutschen sausen, wir Araber sind die besseren Liebhaber. Das hat nun Gott-sei-Dank Peter nicht verstanden!

Man konnte das Hotel am Abend nicht verlassen, war viel zu gefährlich. Überall wurden vom Hotel Wachen aufgestellt, damit keine Plünderer herein kamen.

Obwohl wir Animation in Hotels nicht so gerne mögen, aber diese hier in dem Hotel war hervorragend. Und jeden Morgen stand ein ganz entzückender junger schwarzer Animator vor Peter, klatschte in die Hände und sagte: bitte, bitte, Botscha.

Und Peter lies sich überreden und spielte jeden Morgen Botscha.

Ich spazierte am Stand entlang.

Da kam ein fliegender Händler auf mich zu und wollte mir unbedingt zwei Kamele aus Stoff verkaufen. Mama-Kamel und Baby-Kamel. Ich erklärte ihm, dass ich die nicht brauche und auch kein Geld bei mir hätte. Aber er sagte zu mir, er bekomme schon sein Geld von mir.

Na gut dachte ich bei mir, wenn er meint. Sonst hat er halt Pech. Es kamen auch gerade berittene Polizisten den Strand entlang, da nahm ich die Kamele damit der Händler keine Schwierigkeiten bekommen sollte.

Also kam ich mit 2 Kamelen vom Strandspaziergang zurück. Neben uns hatte es sich ein Paar aus Nürnberg bequem gemacht. Die kannten auch die Story mit den 1000 Kamelen. Sie sahen uns zusammen weggehen und nun kam ich zurück mit nur zwei Kamelen.

Da fragte mich der Herr aus Nürnberg, staubtrocken und im Nürnberger Dialekt: Host nur zwoa Kamel fürn Peter gekriagt.

Ich lache heute noch bei dem Gedanken und den Erinnerungen daran.

Dieser liebe, zartbitter schokoladenbraune Animateur, stand eines Abends vor dem Restaurant um die Gäste auf eine Veranstaltung aufmerksam zu machen.

Als wir aus dem Restaurant kamen, sagte er zu uns: chab, chab…. Er sagte, das ist Deutsch und ihr sprecht doch Deutsch. Ich erklärte ihm, dass das gar nichts heißt. Da raffte er seinen Kaftan hoch, und rannte so schnell er konnte einem anderen Paar nach. Holte diese zurück und erklärte treuherzig, dass das was sie ihm gelernt hatten, gar nichts heißt.

Ich fragte das Paar aus München, was sie ihm denn gelernt hatten. Was glauben Sie wohl?

Natürlich, Oachkatzlschwoaf. Für uns schon nicht ganz einfach zum aussprechen und für den Tunesier zum Zunge abbrechen.

Aber er hat es gelernt in seinem Ehrgeiz.

Am nächsten Tag, wir haben uns in die Fluten des Swimmingpools gestützt um zu schwimmen. Da stand der Animator am Poolrand und sah einer Herren-Kegel-Runde aus Bayern zu beim Wasserball spielen.

Hey, kennst Du noch das Wort, das du gestern gelernt hast. Er nickte mit dem ganzen Körper und sagte: Oachkatzlschwoaf. Gut, sehr gut. Und weißt du auch was das für ein Tier ist.

Er schüttelte mit dem ganzen Körper ein Nein.

Also, das was du vorne hast, das hat dieses Tier hinten.

Ich und die gesamte Wasserball spielende Kegelgruppe wären fast ertrunken vor Lachen.

Aber mit Sprachen haben wir schon viel erlebt.

Ich ging eines Tages 2 Schritte rückwärts am Frühstücksbuffet in unserem Stammhotel auf Kreta. Hatte die Früchte fürs Joghurt vergessen. Da bin ich mit einem leichten Aufprall auf einen älteren, untersetzten Herrn „aufgelaufen". Und sagte so spontan: pardon.

Red Deitsch mit mir, sagte dieser in einem original Münchner Brummelton.

Woher kimmst denn? Aus Tirol. Ja wo denn do? Aus, da und da...... Da drehte er sich um, schaute zur Terrasse hin und sagte zu mir. De do, die zwoa, kemma a do hear. Ja, sagte ich, das sind unsere Nachbarn, wir sind zusammen hier.

Er öffnete den Mund, schaute mich verdattert an und sagte zu mir im breitesten Münchner Dialekt: mit meine Nochborn gea i vors Gricht, oba net auf Urlaub.

Abends hat uns dann dieser Herr aus München sein Erlebnis im Nachbarhotel ein Jahr vorher erzählt. Wir haben Tränen gelacht.

Also er wollte wieder unbedingt in unser Hotel, aber es war ausgebucht. Na gut, dachte er sich gehen wir halt dieses Mal in das Nachbarhotel. Aber das war nicht SEINS. Man muss sich mal vorstellen aufs Zimmer kam er nur über a Hennaloater (auf Deutsch Hühnerleiter). Und er hot net amol d'Hosn aufhänga kenna, die musste er zusammenlegen, so kloan woar d'Schronk.

Aber dieses Jahr war er wieder glücklich, er war wieder im Stammhotel und wie jedes Jahr zur gleichen Zeit, am gleichen Ort, hat man viele liebe Bekannte wieder getroffen. Es war wie ein schönes Familientreffen.

Und abends hat unser Mr. Musik gespielt und gesungen. Wenn man die Augen schloss, hatte man das Gefühl die Stars waren wirklich hier, er konnte so wahnsinnig gut Stimmen nachmachen. Auch durfte ich mir jedes Jahr ein Lied wünschen. Meistens war es: what a wonderful world.

Unsere Freunde aus England kamen auch in das Hotel auf Kreta. Und das Übliche, wir haben uns wieder nur auf English unterhalten.

Da stupste mich der Herr aus München abends an und sagte zu mir: koa Wort Deitsch, I hob genau aufpasst.

Und er schimpfte auf die „Preisen" und brummelte. Wenn man ihn näher kannte, wusste man das war so seine Art zu brummeln, aber durchaus liebenswert, nie böse gemeint.

Und das Beste war, er war seit vielen, vielen Jahren mit einer „Preisin" verheiratet.

Katzen sind ja „very clever" wie unsere Audrey zu sagen pflegt.

Als wir das erste Mal auf Kreta waren haben wir erlebt wie riesige Schwärme von Zugvögeln abends ankamen und Rast machten in den hohen Bäumen. Der Himmel hat sich verdunkelt und als dann alle in den Bäumen Platz genommen hatten wurde es unheimlich still.

Und kurz bevor diese Schwärme von tausenden und abertausenden Vögeln ankamen, saßen die vereinten kretischen Katzen in den Bäumen, gut getarnt und haben sich bedient. Das war das große Fressen.

Es war ein wunderbares Schauspiel, wir haben vorher noch nie so große Zugvögelschwärme gesehen. Es waren ziemlich kleine Vögelchen.

Für mich ist dieser jährliche Vogelzug sowieso ein Wunder der Natur. Und wie orientieren sich diese Tierchen. Da sind wir Menschen ja richtig unbedarft dagegen.

Ziemlich still und einsilbig waren wir auch bei unserem ersten Besuch in der Hauptstadt Kretas – Heraklion.

Wir waren mittags angekommen und haben uns gleich einen Mietwagen genommen. Diesen konnten wir abends ab 8 Uhr entgegennehmen.

Und wir wollten gleich losfahren, ein klein wenig das Nachtleben von Heraklion erkunden. Ein Ehepaar aus Tirol war ebenfalls zugleich mit uns in dem Hotel angekommen. Wir fragten sie ob sie mitkommen wollten. Sie wollten. Also los.

Wir haben am Hafen geparkt und haben die Stadt zu Fuß zu erkunden begonnen. Es war schon ziemlich dunkel und überall auf den Gehsteigen lag Gerümpel. Dann wurde wieder ein Fenster geöffnet und mit einem Plumps fiel etwas auf die Strasse.

Mein Gott, wo sind wir denn da gelandet? Wie im Mittelalter, die Menschen werfen einfach alles auf die Straße. Wortlos bahnten wir uns einen Weg.

Da kamen wir plötzlich zu einer Kirche. Das Tor öffnete sich und heraus kam ein wunderschönes Brautpaar, schön gekleidete Menschen, eine Hochzeit. Die Kirche war sehr üppig ausgestattet, purpurroter Samt, Gold, Kerzen, leider auch Weihrauch (kann ich nicht vertragen). Aber zwischen all dem Unrat ein Lichtblick.

Wir haben uns etwas mit dem schönen Anblick getröstet und sind zum Auto zurück gegangen, wortlos, sprachlos über so viel Unrat auf den Strassen, zurück zum Hotel gefahren.

Eine ganz liebe Reiseleiterin hat uns am nächsten Morgen erklärt, was man auf Kreta alles entdecken kann und hat uns unter anderem auch empfohlen den Gewürzmarkt in Heraklion zu besuchen.

Wir haben uns angeschaut und dachten uns: da fahren wir ganz sicher nicht noch mal hin.

Aber never say never again! Wir haben es dann doch gemacht. Man soll ja jedem eine 2. Chance geben.

Oh welche Überraschung! Kein Unrat, kein Gerümpel mehr auf den Gehsteigen. Eine eigentlich saubere Stadt mit einem herrlichen Gewürzmarkt.

Wir haben uns erkundigt, wir haben die Stadtbesichtigung gemacht einen Abend vor einer großen Sperrmüllaktion.

So kann man sich täuschen.

Und gut, dass wir der Stadt eine zweite Chance gegeben haben, oder uns, wer nun wem….?

Apropo Chancen, da fällt mir ein, bei einem Besuch in unserem Lieblingshotel auf Kreta lernten wir den Kellner Georgios kennen. Er hat zusammen mit Nikos an unserem bevorzugten Bereich auf der Terrasse, wo links und rechts Büschen waren, serviert.

Georgios mochte keine Katzen. Aber unsere liebe Katzenmami kam jeden Abend samt Anhang zum dinner.

Peter wurde manchmal fast verrückt, denn als die kleinen Kätzchen kraxeln und klettern konnten, haben diese immer versucht auf die schön eingedeckten Tische zu klettern.

Da hatte ich alle Hände voll zu tun um diese Übergriffe abzuwehren.

Nikos mochte Tiere, er hatte selbst Hunde und Katzen bei sich zuhause.

Georgios habe ich jeden Abend erklärt, dass es durchaus sein kann, dass er im nächsten Leben als Katze auf die Welt kommt und er froh ist, wenn so jemand wie ich daher kommt und ihn mit Futter versorgt.

Er grinste dann immer über das ganze Gesicht und hat sich amüsiert.

Als der Tag der Abreise kam habe ich mich auch von Georgios verabschiedet. Und ich war ganz stolz als er mir sagte, er würde mich und meine Tierliebe nie vergessen.

Auch wird er immer daran denken, dass er ja vielleicht im nächsten Leben.........

Nikos haben wir immer einen großen Karton voll Katzenfutter übergeben, damit er die Tiere weiter versorgen konnte. Er hat mir versprochen zu Weihnachten würde er extra ins Hotel fahren und den Tieren ein schönes Weihnachtsfest ausrichten.

Aber er hat mir erklärt, dass diese Tiere eigentlich sich selbst versorgen müssen und Mäuse fangen sollten. Oder eben auch Vögel.

Ich habe mit ihm diskutiert, wo denn hier bitteschön Mäuse sein sollen?

Eines Morgens herrschte große Aufregung. Nikos und Georgios haben schon hart auf unser Erscheinen zum Frühstück gewartet. Was war passiert?

Also am Abend, als wir gerade das Abendessen beendet hatten, lief eine Maus über die ganze Terrasse. Zwischen den Beinen der Menschen durch die noch beim Abendessen saßen. Einige standen vor Schreck auf den Stühlen, Frauen haben hysterisch gekreischt, sind halb in Ohnmacht gefallen und die schlaue, gute Katzenmami ist hinter der Maus hergejagt und hat sie gestellt.

Nikos schickte Boten aus um uns zu suchen, damit ich mich persönlich überzeugen konnte, dass es hier DOCH Mäuse gibt. Also gut überzeugt, es gibt Mäuse auf Kreta.

In dem gleichen Urlaub haben wir etwas erlebt, das ist zwar einerseits sehr lustig, andererseits auch traurig, aber mit gutem Ausgang.

Katzenmami kam ja mit ihren 3 Babys auf die Terrasse zum Abendessen. Nur ein weiß/getigerten Halbstarker wurde da nicht geduldet. Er hat sich uns angeschlossen. Und wir haben für ihn vom Hafen stets frischen Fisch mitgebracht.

Er kam abends wenn wir es uns auf dem Balkon gemütlich gemacht hatten und eine Runde Rummy spielten.

Er setzte sich vor dem Balkon in das weiche Gras und hat auf seinen Fisch gewartet.

Eines Tages wurde das Zimmer neben uns auch vermietet. Eine Dame aus Frankreich zog ein.

Madame hat sehr dem Alkohol zugesprochen, wie man hören und riechen konnte.

Madam beugte sich eines Abends über das Geländer, Gott-sei-Dank war es nur Hochparterre, bekam das Übergewicht und mit einem Plumps lag sie im weichen Gras.

Unser Kater bekam einen Riesenschreck und verschwand ohne Abendessen.

Madam rappelte sich auf und ging ins Hotel zur Reception. Die Hotelzimmertüre war ja zu.

Sie diskutierte mit dem Nachportier, wir konnten nur die Gesten sehen. Dieser hackte die Frau dann unter und brachte sie mit einem Ersatzschlüssel auf das Zimmer. Nur das war für Madam nicht genug, sie hat versucht mit allen Tricks den Portier mit aufs Zimmer zu nehmen.

Wir haben uns köstlich amüsiert, nachdem der Sturz vom Balkon ohne Folgen blieb.

Und am nächsten Abend gab es dann einen folgenschweren Angriff auf das Leben unserer Nachbarin. Das kam so: als ich den Fisch zu unserem Kater werfen wollte, entkam mir dieser glitschige Fisch und zog wie ein Bumerang einen Halbkreis, flutschte am Kopf besagter Dame vorbei, knallte an die Wand, prallte davon wieder ab und flog zischend auf die Wiese.

Unser Kater schnappte sich den Fisch und machte dass er davon kam. Ihm war das heute hier nicht geheuer.

Madam dachte sie sehe schon weiße, fliegende Fisch oder fliegende Mäuse oder Elefanten.

Erst sind wir sehr erschrocken, konnten aber dann uns vor Lachen kaum mehr halten.

Am nächsten Tag ist unsere Nachbarin in den dritten Stock des Hotels gezogen und wir haben sie nur noch Wasser trinken sehen. Die war stocknüchtern von da an.

War auch gut so, denn wenn sie vom 3. Stock auf den Rasen gefallen wäre, das hätte sicherlich schwere Folgen gehabt.

So haben unser Gastkater und der „entgleiste" Fisch dazu beigetragen Jemanden vom Alkohol zu retten.

Ein paar Jahre später, das gleiche Hotel, zur gleichen Jahreszeit.

Wir zahlen unsere Getränke immer abends direkt, denn das finden wir gerechter da bekommt jeder der fleißigen Kellner ein gescheites Trinkgeld, das er sich redlich verdient hatte.

Es war ziemlich viel zu tun und wir hatten ja Zeit, waren ja im Urlaub.

Peter wollte bezahlen und ich ging kurz aufs Zimmer.

Als ich den Gang betreten hatte, stockte mir das Blut in den Adern, und ich war wie im Traum bewegungsunfähig. Da kam mir ein Rudel dunkelhaariger, mit schwarzen Hosen, blitzblauen Hemden und bewaffnet bis zu den Zähnen, Männer entgegen. Hilfe, was ist denn das?

Doch da kam die Hausdame und der Manager mit solch einem bewaffneten Herren um die Ecke und sagten zu mir: es ist alles in Ordnung, kommen sie nur.

Also löste ich meine Erstarrung und bin so schnell ich konnte an der Truppe vorbei gehuscht. Auch ein schwarzer Labradorhund war bei der Gruppe. Dann sah ich noch, wie sie eine hölzerne Wandverkleidung abmontiert haben, Zimmer wurden aufgesperrt, der Hund wurde hinein geschickt.

Ich dachte es ist Krieg und irgendwie haben wir das nicht mitgekriegt. Oder die suchen nach Rauschgift oder nach einem Verbrecher.

Ich habe mich dann mit Peter auf der Hotelterrasse getroffen und habe ihm mein Erlebnis erzählt. Er dachte auch, dass die vielleicht Rauschgift suchen. Na gut, so was besitzen wir nicht. Lass sie nur suchen und hoffentlich finden sie DAS auch, damit wir in Ruhe unseren Urlaub verleben können.

Als wir so gegen Mitternacht auf unser Zimmer gingen, stand ein kleiner, untersetzter, arabisch aussehender

Mann, bis auf die Zähne bewaffnet, vor unserer Hotelzimmertüre.

Ich habe ihn angefahren: was soll das hier? Was ist los?

Er sagte zu mir: you can sleep safty. Also mit so einem Terroristen vor der Türe soll ich sicher schlafen. Ich bitte um Aufklärung. Aber sofort!

Also gut, sagte er. Ein israelischer Politiker ist hier im Hotel in einem Zimmer neben ihnen.

Alle Zimmer sind leer, die Gäste wurden auf andere Stockwerke umgesiedelt, aber ihr seid ja Stammgäste und aus dem neutralen Österreich, deshalb dürfen sie ihr Zimmer behalten.

Na vielen Dank auch.

Ich habe dann 3 Tage mit den Kontaktlinsen geschlafen. Denn man wusste ja nie ob der Politiker nicht vielleicht doch angegriffen wird und da möchte ich bitteschön schon sehen wohin ich flüchten muss.

Ohne Kontaktlinsen bin ich eine blinde Eule, obwohl ich nur so um die 1- Dioptrien habe. Auch war mir klar, dass auch wir als Zielscheibe hätten dienen können. Es waren ja nur 3 Zimmer erleuchtet des Nachts. Kein gutes Gefühl.

Peter hat sich am 2. Tag bei den Managern beschwert. Denn diesen bewaffneten „Beschützern" war langweilig und so ging die ganze Nacht düdelüdüd der Funk und die Herren haben sich die Zeit mit quatschen vertrieben. Mit jedem düdelüdüd waren wir natürlich wach.

Daraufhin haben die Herren die Anweisung bekommen, wenn sie quatschen wollen, dann bitte in der Wäschekammer in einiger Entfernung von unserem Zimmer.

Eines Mittags bin ich aufs Zimmer gegangen und sah unseren Kellner Georgios mit einem Tablett voll Essen zwischen den Büschen verschwinden.

Ich sagte zu ihm, willst du dir heimlich den Bauch voll schlagen in den Büschen? Oder servierst du allen armen Katzen ein Mittagessen?

Er grinste von einem Ohr zum anderen und hielt seinen Zeigefinger auf den Mund. Ich ging weiter und beobachtete, wie er das Tablett in die Büsche reichte und es ihm abgenommen wurde.

Na da saßen ganz getarnt Sicherheitskräfte in den Büschen.

Nachdem der Politiker verschwunden war, waren auch die vielen Fischerboote die am Tag und bei Nacht unterhalb des Hotels auf dem Meer schaukelten weg.

Peter hat mir erst nicht geglaubt, dass auch das Sicherheitsleute sind.

Tja da kann man schon Sachen erleben, wenn man sich aus den vier Wänden bewegt und mit offenen Augen durch die Welt wandert.

Unser erster Anlauf auf Corfu mit dem Boot nach Parga, Paxos und Antipaxos zu fahren ist ja fehlgeschlagen. Aber dafür wussten wir, dass der kleine Hund Rudi ein Zuhause hatte.

Also gut, an einem anderen Tag hat es dann geklappt.

Wir waren ja mit der englischen Reisegruppe mit unseren englischen Freunden unterwegs.

Bei der Hinfahrt nach Parga sagten die deutsche und die englische Reiseleitung, dass wir auf der Rückfahrt hier in den Gewässern sicherlich Delphine sehen werden.

Es war ein wunder-, wunderschöner Tag. So richtig griechisch eben, Sonne satt, blau soweit das Auge reichte, liebe Menschen........

Als wir auf der Rückreise nach Corfu-Stadt waren hallte auf dem Sonnendeck mit einem Mal ein Schrei durch die Menschenreihen. Dolphins.

Der Schrei kam von 4 englischen Mitreisenden, die ziemlich wild aussahen. Die sahen aus wie lebende Bilderbücher, von Kopf bis Fuß tätowiert, kahl geschorene Köpfe, auch die Frauen. Irgendwie ein ungutes Gefühl und dazu tranken diese dunklen Gesellen ein Bier nach dem anderen. Als der Schrei Dolphins durch die Reihen hallte, dachte ich erst jetzt geht es los. Du lieber Gott! Aber so kann man sich täuschen, diese komischen Gestalten haben wirklich Delphine entdeckt. Diese schwammen mit unserem Boot um die Wette. So schön. Ich liebe diese Tiere. Auch Meditation mit Delphinen ist wunderschön.

Als die deutsche Reiseleiterin mitbekommen hat, dass wir eigentlich in die deutschsprachige Gruppe gehörten hat sie uns gesagt: ich nehme euch einfach auch unter meine Fittiche ihr zwei Schnoggelen. Die lustige Frau, war in Corfu verheiratet, kam aus einem ganz kleinen Ort auf der Schwäbichen Alp. Da wir ja 10 Jahre bei den Schwaben gewohnt haben, kannten wir dieses Nest. Sie hat uns sehr gut mitbetreut und bei der Verabschiedung hat sie ein paar Tränen vergossen. Ihr zwei Schnoggelen, Bussi hier, Bussi da.........

Wir hatten das Glück auf Teneriffa hunderte von Delphinen schwimmen zu sehen. Unsere Freunde hatten uns erzählt, dass täglich so gegen 10 Uhr morgens die Delphine hier vorbeikommen. Wir standen so 10 nach 10 Uhr am Atlantik. Dieser war total ruhig, richtig unheimlich. Das Wasser hatte eine Farbe wie Blei. Keine Welle, kein Lüftchen und plötzlich kräuselte sich das Wasser weiß und man sah Delphine springen, schwimmen.
Es müssen hunderte von Tieren gewesen sein.

Wir standen wie verklärt und verzaubert da und haben den Delphin-Schwarm bewundert.
War schon beeindruckend, ein Erlebnis. Wäre das Meer bewegt gewesen, hätten wir die Tiere wahrscheinlich gar nicht bemerkt. Aber so hatten wir das Glück. Es war traumhaft schön und unvergessen.

Das hat uns ermutigt noch mehr von diesen Tieren zu sehen, oder vielleicht sogar noch Wale dazu.
Wir wollten eine 6-Stunden Reise mit einem Piratenschiff machen um diese Tiere zu erleben.
Als wir ankamen, gab es nur eine ca. 2-stündige Fahrt mit einem „normalen" Schiff, zwar mit Glasboden um die Tiere besser zu beobachten.
Erst war ich eigentlich beleidigt, ich wollte unbedingt die große Fahrt mitmachen. Na gut, also für heute nur die kleine Seereise. Aber Morgen oder Übermorgen......

Die Fahrt ging los und keine Spur von einem Delphin oder einem Wal. Die Späher an Deck liefen von einer Seite des Schiffes zur anderen. Auch andere Ausflugsboote voll gestopft mit

Touristen dümpelten in den relativ hohen, kurzen Wellen.

Die 2 Stunden waren schon fast vorbei. Da plötzlich ein Schrei- Delphine. Ich bin zur Rehling gelaufen, fast noch über einen Knäuel Schnüre gestolpert, und da waren 2 Delphine. Und oh Schreck, da hat der Kapitän die Tiere überfahren!

Da wurde mir flau im Magen. Aber ich musste unbedingt in den Bauch des Schiffes gehen um zu sehen, ob man den Delphinen helfen konnte.

Zwischen den 2 Glaskörpern des Katamarans schwamm ein kleines Delphinbaby und Mama und Papa schwammen und sprangen vor dem Schiff auf und ab.

Das Schiff taumelte fürchterlich, quer zur See, auf und ab, ein Rollen....... Das war auf den Schreck mit den überfahrenen Delphinen zuviel für mich. Da habe ich mein Frühstück rückwärts gegessen und mir hochheilig geschworen nie, nie, nie wieder in meinem Leben mit einem Katamaran zu fahren. Und wie gut, dass wir nur eine 2 Stunden-Fahrt buchen konnten.

Einen Delphinschwarm haben wir in den 70iger Jahren schon in Kroatien gesehen.

Wir lieben es so fernab von den Touristen uns zu bewegen und Land und Leute kennen zu lernen. So sind wir zwei abends meistens über eine Felskuppe gekraxelt und waren dann in einer Bucht, die man sonst nur vom Meer aus erreichen konnte. Haben da zu Abend gegessen.

Viele Fischer waren da, brachten ihre frisch gefangen Fische zum Grillen mit und haben so den Tag ausklingen lassen.

Der gegrillte Fisch mit dem frischen Knoblauchbrot und Salat war einfach köstlich.

Doch plötzlich ein Ausruf eines Fischers: Dolphins! Wir schauten auf's Meer und sahen einen Schwarm mit Delphinen. Aber was war das? Ein kleines Delphinbaby konnte nicht so schnell wie die großen Tiere. Da sind die Fischer zu ihren Booten gelaufen. Ich hinterher. Leider hatte ich nur Holzpantoffeln an und konnte nicht so schnell laufen. Ich dachte mir die wollen den kleinen Delphin fangen und töten.

Aber die haben den Kleinen nur geschützt und sicher zur „Herde" gebracht.

Es war wunderschön so in der goldenen Abenddämmerung bei den Fischern in der abgelegenen Bucht zu sitzen und die Delphine zu beobachten.

Am anderen Ende der Bucht war unser Hotel. Vom Zimmer aus konnten wir die Umrisse der Delphine erkennen.

Am nächsten Morgen wollte ich mit der Sonne aufstehen um die Delphine nochmals zu sehen.

Als mich der erste Sonnenstrahl wach gekitzelt hat, bin ich sofort auf den Balkon gegangen. Aber leider, leider waren die Delphine schon weg.

Weniger „lustig" war auch eine Begegnung mit Meerestieren als wir in Kroatien waren.

Ich bin so der Typ, schnell das Wichtigste auspacken und dann rein in den Badeanzug und ab ins Meer.

Peter trödelt immer etwas später hinterher. Muss auch meistens erst die Bar erkunden.

Auch liebt er zwar das Meer, aber mehr von einem Boot aus oder vom Strand aus als Zuseher. Außer ich schwimme zu weit nach draußen dann kann schon sein, dass er mal auch ins Meer springt um mich notfalls zu retten.

Als er am Strand ankam, hörte er die Leute sagen: oh ist die Frau mutig. Die ist aber mutig.

Da dachte er sich, jetzt muss ich doch mal nachsehen. Vielleicht ist da ein Hai in der Nähe?

Er schaute gespannt ins Wasser, konnte aber kein Dreieck schwimmen sehen. Doch plötzlich sah er dass das Wasser voll mit Feuerquallen war. Er rief mir zu: pass auf, komm heraus, du bist umgeben von Feuerquallen.

Ich bin schon einige Zeit zwischen diesen Viechern geschwommen, habe sie nicht bemerkt und die haben mir auch nichts getan.

Durch den Zuruf von Peter bin ich erschrocken, habe mich völlig verkrampft und in dem Moment hat mich so eine Feuerqualle „gebissen" angemacht, oder wie man das nennt. Ich habe fluchtartig das Meer verlassen und habe natürlich genau das Falsche gemacht, nämlich mit Süßwasser diese Verätzung durch die Qualle ausgewaschen. War sehr schmerzhaft, aber auch das habe ich überlebt.

Wie heißt es so schön im Schwäbischen: alles was einem nicht tötet, macht einen hart.

Eines Tages auf einer unserer Erkundungstouren haben wir einen „Kapitano" getroffen. Er hatte nur noch 2 Zähne, war gegerbt wie Leder von der Sonne und dem Wind. Er hat sich so gefreut etwas mit uns zu quatschen. Und er konnte ziemlich gut Deutsch. Der Rest wurde mit Händen und Füßen gedolmetscht.

Er hat uns erklärt, er kommt jeden Morgen zum Anleger unseres Hotels und macht Fahrten zu einer Vogelinsel. Da brüten seltene Meeresvögel – einfach sehenswert.

Am nächsten Tag war das Wetter nicht ganz so schön. Ein bisschen bewölkt und das Meer ziemlich unruhig. Da sahen wir unseren „Kapitano" anlegen.

Peter sagte: sollen wir mit ihm fahren. Denn bei der stürmischen See fährt sowieso keiner mit.

Sonst verdient er heute doch nichts. Als gut, ich bin ja seefest, habe ich ja schon oft bewiesen!

Kapitano hat sich riesig gefreut und gestrahlt über das ganze Gesicht.

Los ging die Fahrt.

Du liebe Zeit, das kleine Boot und diese hohen Wellen. Dann fuhr der Mann auch noch oft quer zur See. Ich war leichenblass. Kapitano fand das lustig und sagte zu allem Überfluss auch noch, dass er bis zu 8m hohe Wellen mit dem Boot spielend durchfahren kann.

Gute Nacht Marie, das musste ich nicht haben.

Ein paar Socken und einige leere Cola-Dosen rollten von einer Seite des Bootes auf die andere. Ich habe nur noch geschaut, wo ist die Küste, wenn ich von Bord springe, bevor wir kentern.

Endlich hatten wir die Vogelinsel erreicht. Es saßen auch etliche Vögel auf ihren Nestern und brüteten. Ich habe nicht einmal mehr gesehen um was für Vögel es sich da handelte. Es waren halt Vögel.

Zum Glück hat unser „Kapitano" dann eine Route zwischen den Inseln für die Rückfahrt gewählt. Da war das Meer etwas ruhiger. Das war besser für meine Nerven.

Als wir wieder beim Hotel waren, sagte ich: auch wenn die ganze Familie von Kapitano verhungert, bei so einem Wetter fahre ich nicht mehr mit hinaus.

War auch nicht mehr so.

Essen in fremden Ländern ist ja auch immer so eine Sache. Ich probiere sehr gerne die regionale Küche, denn Schnitzel bekomme ich zuhause, die muss ich im Urlaub nicht haben.

Wir hatten nur Übernachtung und Frühstück im Hotel gebucht und waren frei für die Essen-Abenteuer.

Gleich am zweiten Abend fanden wir ein Gartenrestaurant mit offenem Grill und es duftete von weitem schon ganz verführerisch.

Wir dort hin. Das Essen war herrlich, gut und für unsere Verhältnisse sehr günstig – damals!

Peter bezahlte und hat, wie es so seine Art ist, zuviel Trinkgeld gegeben. Noch dazu dem Wirt persönlich. Dieser hieß uns mitkommen. Ich wusste gar nicht was los war. Da fanden wir uns im privaten Wohnzimmer des Wirtes wieder. Er teilte Wassergläser aus und füllte diese bis zum Rand mit Slivowitz. Du meine Güte! Ich vertrage davon einen Fingerhut voll, dann kippe ich schon vom Stuhl.

Wer soll denn das große Glas voll austrinken. Also Prost, auf ihr Wohl, prost…..

Kein Blumentopf in der Nähe und der Wirt ganz dicht bei uns. Also prost, prösterchen…..

bis das Glas leer war. Der Wirt war glücklich, er konnte das Glas austrinken wie Wasser.

Irgendwie bin ich ins Hotel gekommen. Ich erinnere mich noch genau, einmal war kein Boden da, mal war zuviel Boden da und als ich endlich im Hotelzimmer war, musste ich warten bis das Bett vorbeikam.

Aber komischerweise war ich am nächsten Morgen gut drauf. Kein Kopfweh, keine sonstigen Wehwehchen…

Ich sagte zu Peter: wenn wir da noch mal essen gehen wollen, müssen wir den Stier bei den Hörnern packen. Sprich wir müssen den Wirt für seinen Schnaps loben und ihn bitten uns eine Flasche zu verkaufen.

Also gut, wir haben es so gemacht und waren dann vor so einem „Gelage" sicher. Wir konnten da weiterhin zum Essen erscheinen.

Meer und ich das gehört zusammen, so wie Sonne und Mond. Ich liebe das Meer, das herrlich warme Meer. Da tut mir nichts weh, da fehlt mir nichts, da bin ich zuhause, da könnte ich stundenlang schwimmen, bis mir Schwimmhäute wachsen zwischen den Fingern und Zehen.

In Tunesien sind wir im herrlich warmen Meer geschwommen. Ausnahmsweise war Peter mal direkt mit mir ins Wasser gegangen.

Blaues Meer, blauer Himmel, weiches, warmes Mittelmeer! Einfach herrlich!

Da sagt plötzlich Peter zu mir: ich gehe in den Pool zum schwimmen.

Gerade, dass ich nicht gefragt habe ob er spinnt. Ich schaute mich um, aber es war weit und breit niemand im Wasser. Da wollte ich doch nicht so alleine im Meer schwimmen.

Man weiß ja nie, wo die die Haie gefangen haben, die es abends am Grill als Filet gab.

Also bin ich halt auch raus und in den gechlorten, kalten Pool gesprungen zum Schwimmen.

Als wir wieder hier in Tirol waren, sagte mir Peter, dass neben mir eine Wasserschlange geschwommen ist! Halleluija! Ich wäre glattweg ertrunken, wenn ich dieses Vieh gesehen hätte.

Warum habe ich immer wieder Erlebnisse mit Schlangen? Wo ich doch sofort und auf der Stelle hysterisch werden könnte!

Vielleicht weil ich nach dem chinesischen Horoskop im Zeichen der Schlange geboren bin?

Ein Abenteuer habe ich auch 1994 in Kreta erlebt.

Ich hatte mir in diesem Jahr die Wirbelsäule gebrochen und baden im warmen Mittelmeer war herrlich.

An einem Tag, es war schon spät im Oktober, flatterte die rote Fahne im Wind. Also bitte nicht ins Meer zum Schwimmen gehen.

Aber es wateten viele Menschen ins Meer, das am Anfang ziemlich flach war.

Nur ich konnte ja nicht mit der Masse gehen. Nein, ich suchte mir einen eigenen Weg. Und bei jeder Welle habe ich mich umgedreht und meine Bruchstelle wurde schön massiert.

Doch plötzlich war kein Boden mehr da. Hilfe!

Eine riesige Welle kam auf mich zu gerollt. Es nützte alles nichts ich musste schwimmen.

Nichts wie weg hier, schnell Richtung Strand.

Da hat mich die große Welle überrollt. Ich habe mich zusammengerollt zu einer Kugel und das Wasser spielte mit mir Ping-Pong. Bloß nicht die Augen aufmachen, sonst sind die Kontaktlinsen weg und ich gehe nur noch tastend durch die Welt für den restlichen Urlaub.

Ich wurde wie ein Ball gerollt und verlor gänzlich die Orientierung. Da habe ich die Beine ausgestreckt und fühlte Luft. Also gut, da muss die Oberfläche sein.

Peter saß am Strand auf einer gemütlichen Liege und löste Kreuzworträtsel (Sudoku gab es damals noch nicht!). Er beobachtete mein Manöver und sah wie die Welle mich überrollte.

Nach einer Weile kamen zwei Füße aus dem Wasser um gleich wieder unterzugehen.

Aber da stand ich zum Glück schon wieder aufrecht im Wasser. Ich habe Naturlocken. Am Meer immer einen

Wuschelkopf mit 1000 Locken die vom Kopf abstehen. So ging ich ins Wasser. Als ich auftauchte sah ich aus wie eine Maus unter einer Teigschüssel. Wie eine geleckte Katze. Aalglatte Haare die am Kopf klebten. Aber zum Glück hatte ich die Rollen, Saltos, was auch immer, gut überstanden und meine Kontaktlinsen hatte ich auch noch.

Als ich hochkam, hörte ich schallendes Gelächter. Peter wollte sich kaputtlachen. Ich werfe ihm heute noch vor, dass er vor Lachen nicht in der Lage gewesen wäre mich zu retten.

Da merkte ich zum ersten Mal was Wasser für eine Kraft hat. Das ist unwahrscheinlich, viele Menschen glauben das einfach nicht.

Nach dem Urlaub waren wir bei meiner Mutter zum Mittagessen eingeladen. Auch meine 3 Geschwister mit Anhang waren da. Wir erzählten und erzählten auch von den Katzen die wir versorgt hatten und jetzt von den Kellnern im Hotel weiter behütet werden.

Auch von einer englischen Reisegruppe, die nicht abgeholt werden konnte, da der Flieger ein Problem hatte. Die lungerten so in der Lounge herum, oder am Pool, auf der Terrasse.

Wie gesagt in dem Hotel kennt eigentlich fast jeder jeden. Da wir alle so einen bestimmten Urlaubsrhythmus haben.

Plötzlich tauchen zur Dinnerzeit Taxi um Taxi auf, es waren bestimmt um die 50 Taxis.

Die Gäste aus England wurden mit Taxis zum Flughafen gebracht.

Meine Mutter lief zwischen Küche und Esszimmer hin und her und verfolgte das Gespräch immer nur bruchstückweise.

Erst waren wir beim Kastrieren der Katzen um das Elend in den Griff zu bekommen und dann schon bei den vielen, vielen Taxis.

Meine Mutter sagte ganz entsetzt, wenn das so viele sind, muss man die doch schnell kastrieren. Damit man das Tierleid in den Griff bekommt.

Da fragte mein Bruder: wie bitte kastriert man ein Taxi.

Ganz einfach, man schneidet das Taxischild am Dach ab war dann die Antwort.

Wir haben uns kaputtgelacht.

Kennen Sie das, im Urlaub schmeckt der Wein wunderbar zu jedem Essen. Man nimmt ein paar Flaschen mit nach Hause und denkt sich, oh mein Gott, was ist das denn für ein grauenhafter Wein. Den kann man nicht mal zum Kochen hernehmen.

Es fehlt der Duft der Urlaubsgegend, wie Thymian, und die Gewürze sind anders…

Da gibt man viel Geld aus und denkt wer weiß was für ein gutes Tröpfen man da mitbringt und dann die Überraschung.

Also deshalb den Wein da trinken, wo er wächst, wo er vorkommt, da gehört er nämlich hin.

Bevor wir einen Urlaub planen gehört die erste Planung unseren Tieren. Wer wird unsere Tiere versorgen, wer kann bei uns ins Haus ziehen …..?

Zum einen sind da unsere Miezen, unsere Fische, die Igelchen, bis vor 2 Jahren noch eine frei lebenden Katze, die in einem Stadel mit Heu wohnte.

Diese freilebende Katze nannte ich Minki.

Freunde von uns vermissten ihren Kater Rodoriges. Ein zugelaufener Streuner, weiß mit ein paar schwarzen Merkmalen. Ich habe Ausschau gehalten und habe eines Tages gesehen, dass eine solche Katze ständig die Bundesstrasse überquerte und dann in einem Heustadel verschwand.

Also habe ich mein Auto geparkt und habe mich auf die Suche gemacht. Aber leider war es nicht Rodoriges. Es war vom Aussehen her ein Katzenmädchen. Ich sah sie Mäuse fangen, dabei querte sie die viel befahren Straße unter Lebensgefahr….. Das konnte ich nicht mit ansehen und habe angefangen dieser Katze jeden Tag Katzenfutter und Katzenmilch zu servieren.

Ich habe sie mit Schinken gelockt und hatte sie fast zahm da passierte es, dass der Bauer den Stadel abreißen lies. Ach du lieber Schreck. Dann ging die Suche wieder von vorne los. In welchen der Stadel ist das Tierchen denn nun gezogen?

Als die Abbrucharbeiten am Abend beendet waren, bin ich nochmals hingefahren und hatte den Katzenkorb meiner Mädels dabei. Fein warm ausgepolstert, damit das Tierchen ein Nestchen hatte. Futter und Katzenmilch habe ich an den Nachbarstadel gestellt. Am nächsten Morgen bin ich wieder hin gefahren. Gut, dass Fressi war weg und auch die Katzenmilch. Also war Minki bei dem anderen Stadel gewesen.

Ich habe mich dann auf die Lauer gelegt und sie beobachtet. Tatsächlich war der neue Stadel auch ein gutes Zuhause für Minki. Ich habe die Besitzer des Stadels angerufen und gebeten, dass sie Heu in dem Stadel belassen, damit die Katze nicht erfriert im Winter.

Hat alles wunderbar geklappt.

Doch was macht Minki im Frühjahr? Dieses Tierchen zieht in einen anderen Stadel auf der anderen Straßenseite.

Also habe ich den Futterplatz verlegt und sie dort gefüttert.

Aber jeden Tag waren die Katzenteller oder Schüsselchen kaputt oder die aus Plastik verschwunden. Das konnte doch nicht sein? Wer macht so was?

Da habe ich mich erkundigt wem der Stadel gehört. Bin zum Bürgermeister gegangen, habe diesen gebeten mit dem Bauern zu reden, dass er meine Katzenteller und Minki in Ruhe lässt. Der Bürgermeister des kleinen Dorfes sagte mir, dass er mit diesem Bauern auf keinen Fall sprechen würde und wünschte mir viel Glück bei meinem Vorhaben mit dem Bauern zu verhandeln.

Mutig, da es ja um meine Minki ging, fuhr ich zum Bauernhof. Die Bäuerin hat mir geöffnet, war sehr unfreundlich, unhöflich...... Ein ungutes Gespräch!

Ich hatte ein ganz ungutes Gefühl. Dann hatte ich eines Sonntags beim neuen Stadel von Minki ein Erlebnis, wie im Krimi. Als ich gerade die neu mitgebrachten Katzentellerchen gefüllt hatte, stand plötzlich wie aus dem Nichts der Bauer mit Sohn vor mir. Haben mich angebrüllt, bedroht…. Ich habe mein Handy aus der Manteltasche genommen und habe vorsorglich 133 den Notruf eingetippt. Sie haben mir gedroht, wenn das Tier bis Dienstag nicht weg ist, lassen sie es erschießen.

Ich bin dann in Sonntagskleidung über den Zaun geklettert, habe das Futter für Minki in den Wald gestellt und auf ein Wunder gehofft.

Montag früh habe ich sofort den Tierschutzverein angerufen und den Jäger ausfindig gemacht.

Der Jäger war ein ganz lieber Mann und er sagte zu mir: ich habe sie schon oft gesehen, wie sie die Katze füttern. Ich beobachte sie und das Kätzchen schon fast 4 Jahre lang. Diese süße Katze tut doch keinem Menschen etwas zuleide. Und den Bauern kenne ich auch sehr gut, mit dem stand ich schon vor Gericht. Ein ganz unguter Geselle. Mama mia!

Auch sagte mir der Jäger, dass sein Revier gleich hinter dem Stadel aufhört, also keinen Meter von Minkis neuem Zuhause entfernt. Er machte mich auch noch aufmerksam, dass der andere Jäger auf alles schießt was sich bewegt. So ein Mörder! Da habe ich zum ersten Mal in meinem Leben Menschen kennen gelernt, die ich eigentlich in der Hölle vermutete.

Es fehlten nur die Hörner und der Klumpfuss….. Aber auch Engel, wie den netten, liebenswerten Jäger und die Menschen vom Tierschutzverein.

Aber wir mussten schnell handeln. Der liebe Jäger hat eine Falle aufgestellt, als Lockmittel Rehleber im Inneren. Ich habe mir von unserem Tierarzt eine Katzenfalle besorgt. Der Tierschutzverein hat eine Annonce geschalten und über Nacht hatten wir einen Platz für die frei lebende Minki. Nur das Problem war dieses Katzenmädchen einzufangen.

Es kam der besagte Dienstag. Ich war gerade bei meiner Minki da fuhr der böse Jäger vor und hat uns beobachtet. Ich rief den Tierschutzverein an. Frau W. ist es dann gelungen mit ihrer diplomatischen, liebenswürdigen Art den Bauern um Aufschub zu bitten – bis Freitag.

Ich habe Minki in die Katzenfalle gedünstetes Hähnchenbrustfilet, frischen Beinschinken, Leberwurst gelegt, nur vom Feinsten. Aber diese Katze war so clever, die wollte lieber verhungern oder sich von Mäusen ernähren als in diese Kiste zu steigen.

Der liebe Jäger ging morgens schon um ½ 6 Uhr nachschauen ob Minki in einer der Fallen saß und auch spät am Abend fuhr er extra noch mal hin. Ich habe tagsüber kontrolliert.

Inzwischen hatte ich mir auch den alten Bauernhof und den jungen Besitzer angeschaut, der so lieb war und Minki ein Zuhause anbot. Alles in Ordnung, ganz liebe Leute, eine liebe Familie. Haben selbst einen Hund, der als Welpe ertränkt werden sollte, bei sich aufgenommen.

Die ersten Worte die der junge Mann zu mir sagte, ließen mein Blut gefrieren.

Er sagte: Menschen die Tiere nicht mögen, mögen sich selbst und andere Menschen nicht. Genau die gleichen Worte hatte mein schon lang verstorbener, geliebter Opa immer gesagt. Und diesen habe ich auch um Hilfe gebeten, dass wir ein Plätzchen für Minki finden werden.

Diesen jungen Mann hat mir Opa vom Himmel aus geschickt, davon bin ich 100%ig überzeugt.

Am besagten Freitag ist Minki dann in die Katzenfall gegangen – genau zu dem Zeitpunkt als ich dort war.

Ich habe Minki in ihrem neuen Zuhause besucht und musste erfahren, dass sie ein paar Häuser weiter zu einem anderen Bauern gezogen war. Dieser liebe Mensch hat erlaubt, dass dieses Tierchen bei ihm leben konnte, solange es wollte und so wurde sie von zwei Familien versorgt. Irgendwann habe ich aufgehört vorbei zu kommen. Denn das sah so aus als ob ich die Menschen kontrollieren wollte.

Jetzt bin ich aber abgeschweift vom Thema. Ich wollte doch erzählen dass unsere

Mietze immer als erste sich mit uns versöhnte wenn wir vom Urlaub zurück waren.

Chicca hat etwas geschmollt und unserem Tiegerle bin ich immer einen Tag nachgelaufen bis wir Versöhnung feiern konnten.

Mietze hatte in den späteren Jahren ganz toll geschauspielert. Sie ist dann regelmäßig vor dem natürlich leeren Katzenteller umgefallen. So schwach und mager war sie! Dabei hatte sie regelmäßig 2 Kilo zugelegt und man konnte sehen, dass sie wirklich gut versorgt war. Aber sie musste mir zeigen, wie arm sie war.

Da habe ich natürlich sofort eine ganz besonders gute „Katzendose" aufgemacht.

Eines Tages als wir vom Urlaub zurück waren, habe ich alle 3 Katzen nicht mehr erkannt. Ich hatte Unmengen von Katzenfutter eingekauft, damit die Katzensitter ja genug da hatten. Leider habe ich vergessen zu sagen, wie viel die Tiere üblicherweise so verspeisen pro Tag.

Unsere Katzensitter haben die Dosen gezählt und durch 3 Wochen Urlaub geteilt und das war die Portion für unsere Katzen pro Tag. Natürlich viel zuviel.

Aber es war Herbst und es folgte ein sehr kalter Winter und unsere Tiere waren froh, dass sie so einen Speckmantel hatten.

Dieser wurde im Frühjahr wieder abgebaut und sie waren wieder schlank und rank. Besonders unsere Chicca sah wieder aus wie ein Biafrakindchen.

Ein großes Problem hatten wir als wir einmal im Dezember nach Teneriffa fliegen wollten um unsere allerbesten Freunde zu besuchen.

Erst wollten ein befreundetes Paar aus Berlin kommen und unsere Katzen betreuen und versorgen. Aber er ist arbeitslos und da bekam er nicht die Genehmigung zu uns zu reisen.

Also gut sagte eine Bekannte, kein Problem, ich versorge Eure Tiere.

Und weil der Teufel im Detail sitzt, musste sie kurzfristig operiert werden und lag in der Klinik. Was nun?

Da kam Peter auf die Idee zwei ganz liebe Damen hier aus unserem Ort zu fragen, ob sie nicht unsere Tiere versorgen würden für die 2,5 Wochen.

Anneliese und Waltraud heißen die zwei lieben Freundinnen. Sie haben diese Aufgabe gerne übernommen. Unsere Tiere waren bestens versorgt und liebevoll betreut.

Wir haben für die Rückreise von Teneriffa 15 Stunden benötigt.

Das Reisebüro hat uns so eine unmögliche Flugroute zusammengestellt. Von München, nach Nürnberg und von da aus nach Teneriffa Airport Süd. Und genauso wieder zurück.

Auschecken in Nürnberg, nach 1,5 Stunden wieder rein in den gleichen Flieger und ab nach München. Ein Flug von 20 Minuten.

Nur wir kamen nicht bis München. Genau gesagt wir kamen nur bis zur Startbahn in Nürnberg. Dann musste der Flieger irgendwie auf eine nicht benutzte Nebenbahn rollen und wir standen und standen. Der Pilot hat sich gemeldet und sich entschuldigt. Es waren die Seitenruder ausgefallen und an einen Weiterflug war nicht zu denken.

Einerseits war ich ja Gottfroh, dass das hier auf der Erde passiert ist und nicht in der Luft. Aber ich wollte nun nach Hause oder wenigstens raus aus dem Flieger und in Nürnberg übernachten. Aber weder das eine noch das andere war möglich.

Nach 4 Stunden war der Flieger repariert und nach zig Sicherheitsdurchläufen konnte der große Piepmatz vom Nürnberger Flughafen abheben und uns nach München bringen.

Wir haben uns noch etwas gestärkt und sind dann auf dem schnellsten Weg über vereiste, verschneite Straßen nach Tirol gefahren. Heim zu unseren Babys – unseren Miezekatzen. Ich war todmüde, hätte nicht einmal mehr Auto fahren können. Gott-Sei-Dank konnte Peter dies noch und hat uns sicher nach Hause gebracht.

Zuhause angekommen kamen meine Lebensgeister wieder. An der Haustüre hing ein Mistelzweig mit einer roten Schleife, auf dem Küchentisch standen ein Weihnachtskaktus in voller Blüte, ein Weihnachtskuchen und eine Dose selbst gebackener Kekse.

Ich habe gestrahlt wie das Christkindl persönlich. Da waren die 15 Stunden vergessen, die wir unterwegs waren.

Anneliese und Waltraud sind zwei ganz liebenswerte, tierliebende Menschen. Sie haben einen Westhighland-Terrier namens Kira und zwei arme Katzen die von Leuten zurückgelassen wurden, als diese hier wegzogen.

Panther und Micky. Panther ist schon ein alter Herr von 18 Jahren und Micky eine eigenwillige Katzendame. Beide teilen das Schicksal verlassen worden zu sein.

Aber Tiere sind very clever, wie unsere Freundin Audrey sagte. Die wussten ganz genau wo sie hin mussten, wo sie Hilfe, Liebe und Futter bekommen.

Um Micky machen sich unsere zwei Freundinnen immer wieder große Sorgen. Die magert manchmal so stark ab und lässt sich tagelang nicht blicken.

Panther ist ein gemütlicher Kater und er geniest es wenn Anneliese ihm an sein Bettchen noch eine Extraportion Futter bringt. Denn es könnte ja sein, dass der Herr nachts Hunger bekommt, ja dann hat er jedenfalls etwas zur Stärkung da.

Kira ist eine süße Westi-Dame. Sie besitzt einen Designermantel wenn es mal ganz schlimm regnet oder schneien sollte.

Anneliese und Waltraud gingen mit Kira spazieren im Wald. Da kam plötzlich aus dem Nichts ein großer, stürmischer, wilder Rüde. Kira hat fast der Schlag getroffen und sie ist um ihr Leben gelaufen, ab in den dunklen Wald.

Den beiden Frauchen ist nichts anderes übrig geblieben, als zu warten bis Kira wieder den Weg zu ihnen zurück fand.

Es dauerte ungefähr eine ¼ Stunde da kam Kira wieder an, allerdings, oh Schreck, ohne ihren Designermantel. Die drei haben gemeinsam nach dem guten Stück gesucht und ihn auch letztendlich auf einem kleinen Tannenbaum hängend gefunden.

Kira wäre nicht böse gewesen, wenn der Mantel auf nimmer wieder sehen verschwunden geblieben wäre.

Bei dem Stichwort verschwunden fällt mir eine lustige Geschichte von unserem Urlaub auf Teneriffa ein.

Peter und ich saßen ganz gemütlich in einem Gartenrestaurant in Hafennähe in Los Cristianos. Drei Kinder kamen auf uns zu und fragten uns welche Sprache wir sprechen.

Dann fing der süße, schwarzhaarige Junge mit den großen Kulleraugen an zu singen:Felice Navidat, I wish you merry Christmas from the bottom of my heart….. Felice Navidat….

Jeder hat natürlich dem Jungen etwas in das Sparschweinchen geworfen. Wir haben die Drei später beobachtet wie sie auf einer Bank vor dem Restaurant die „Ausbeute" geteilt haben.

Ein Geldstück für dich, eins für mich, eins für dich…..

Im Hintergrund sahen wir einen jungen Mann mit seinem Hund auf die Piazza kommen. Der süße, semmelblonde Hund war noch an der Leine. Dann machte das Herrchen die Leine ab und der Hund begrüßte all die anderen Hunde und Katzen auf der Piazza. Schnüffelte hier, schnüffelte da und plötzlich wie ein Orkan sauste der Hund in das nahe Fast-Food-Restaurant – direkt in die Küche. Diesen Weg kannte der Lümmel ganz genau. Herrchen im gestreckten Galopp hinterher. Die Leine flatterte hinter ihm her.

Das war ein Bild für Götter und wir haben schallend gelacht.

Eins stand fest, dieser Hund war nicht zum ersten Mal in der Küche dieses Restaurants verschwunden, der kannte sich nämlich ganz genau aus.

Aber ich muss sagen auf Teneriffa haben wir nirgendwo ein armes, bettelndes hungriges Tierchen gesehen. Drei Frauen aus Deutschland kümmern sich vorbildlich um den Tierschutz auf dieser Insel. Viele engagierte Frauen gehen morgens beladen mit Rucksäcken und riesigen Tragtaschen zu bestimmten Plätzen.

An diesen Plätzen warten früh morgens und abends viele, viele Tiere und für alle ist etwas zu fressen dabei.

Wir sind extra früh aufgestanden um zu so einer Fütterung zu gehen und uns etwas mit den engagierten Frauen zu unterhalten.

Die hatten sogar Spezialfutter dabei für manche Katzen die allergisch reagieren auf Dosenfutter. Denen servieren die Damen frischen Fisch und Scampis.

Wir wurden aufgeklärt, dass fast alle Restaurants und Geschäfte die Frauen finanziell unterstützen damit genug Geld für Futter und Tierarzt da ist. Ich muss sagen es war sehr angenehm in einem Gartenrestaurant zu sitzen und nur satte, dicke, wohlgenährte Katzen rundherum zu sehen. Da kam keine auf die Idee noch zu betteln, die waren alle pappvoll und satt.

Auch bettelnde Hunde haben wir nirgends angetroffen. Viele Einheimische halten sich einen Hund. Gehen mit diesem spazieren und versorgen die Tiere sehr gut.

Bei unserem Ausflug auf den Tjede haben wir einen älteren Herren getroffen mit zwei kleinen ¼ Kilogramm-Hunden (so nenne ich extrem kleinwüchsige Hunde. Die wiegen natürlich mehr als ¼ Kilo, aber sie sehen halt so aus) im Auto. Er hatte Säcke voll Futter dabei und brachte dieses den freilaufenden Wildhunden, die in der Mondlandschaft um den Vulkan ihr Dasein fristen.

Schön finde ich das und es macht mir Hoffnung, dass die Menschen doch noch ein bisschen gut sind zu den Tieren.

In dieser Welt mit Terror und Totschlag, Attentätern die sich selbst in die Luft sprengen und viele unschuldige Menschen töten, Naturkatastrophen wie diese großen Brände in Griechenland, Australien, unendliche Wassermassen in China, Indien oder auch bei uns in Europa. Überall nur schlimme, bis ganz schlimme Nachrichten. Da bin ich dankbar für jede gute Nachricht und ganz besonders wenn es sich dabei um Tiere oder Kinder handelt.

Denn diese zwei Gruppen können sich nicht selbst helfen, die benötigen unsere Hilfe.

Heute ist der 4.Oktober Welttierschutztag und es wäre der Geburtstag von meiner Oma gewesen. Für mich eine schöne Verbindung Oma und Tiere. Das gehört für mich unzertrennlich zusammen.

Tierschutz auf Rhodos – ist schon vorhanden, aber es sind viel zu viele arme Tiere noch am Weg. Es fehlt halt an Geld. Ein paar Amerikanerinnen und auch Frauen aus Deutschland tun ihr bestes um zu helfen.

Vor dem Hügel der Altstadt werden abends die Tiere gefüttert und wenn sie ärztliche Hilfe benötigen, nehmen die Frau sie mit. Aber das ist ein Tropfen auf den heißen Stein.

Wir haben natürlich gespendet um die Not etwas zu lindern.

Die Not lindern wollte auch eine liebe Frau aus Deutschland. Sie kam von der Insel Sylt.

Auf einem schmalen, steil abfallenden Grünstreifen mit ein paar Bäumen und ein paar großen Gesteinsbrocken, zwischen einer viel befahrenen Strasse die nach Rhodos-Stadt führt und der Hotelauffahrt kam immer wieder eine junge schwarz/weiße, junge Hundemami zum betteln.

Viele Hotelgäste haben das Muttertier versorgt.

Sie trug immer 2 Portionen in das Versteck und kam dann um für sich zu betteln. Daraus haben wir geschlossen dass sie zwei Junge haben musste.

Eines Tages kamen wir von einem Ausflug zurück, da saß besagte Frau aus Sylt auf der Mauer und hatte einen dicken, knuddeligen Welpen im Arm. Hundemami saß daneben und hat aufgepasst. Wir sind sofort hin und haben auch den süßen Knuddelhund gestreichelt.

Da kullerten der Frau die Tränen auf den süßen Welpen.

Ich habe sie in den Arm genommen und gefragt, was denn los sei.

Diese Tiere nehme ich mit. Ich war gerade beim Tierarzt um die nötigen Papiere zu beschaffen. Auch hatte sie 2 Boxen gekauft um die Hunde zu transportieren.

Da hätte ich am liebsten auch geheult, aber vor Glück für diese Tierfamilie.

Wir haben uns für den Freitag verabredet um die Hundemami samt Babys einzufangen. Noch ein Ehepaar aus Hamburg hat mitgeholfen.

Erst haben wir die zwei Boxen aufgestellt und die Hundemami gelockt. Diese kam auch prompt an und wurde in die erste Box verfrachtet. Dann sind wir Frauen auf die viel befahrene Strasse gegangen um zu verhindern, dass die Hundebabys nach unten abhauen und auf die Strasse laufen. Die Männer sind den Abhang hinunter gekraxelt um die Babys aus dem Versteck zu holen.

Der Mann aus Hamburg stolperte mit dem Hundebaby im Arm und kam so zu uns Frauen auf die Strasse runter. Übergab mir den kugelrunden, wohlgenährten, allerliebsten braunen Wollknäuel. Peter schaffte es den Abhang hinauf mit dem anderen Baby im Arm.

Ich drückte dieses Knäuel an mich und rief Peter zu, wenn da noch so ein süßer kleiner Hund ist, der gehört mir, den nehme ich mit nach Hause.

Aber es waren nur die zwei Babys. Eigentlich gut so, denn wie hätte ich meinen Mädels zuhause klar gemacht, dass wir auch noch so einen Strolch bei uns aufnehmen.

Damit die Frau zum Abendessen gehen konnte, sind Peter und ich in ihrem Bungalow geblieben und haben auf die Tiere aufgepasst.

Eigenartig war, sobald Hundemami und Babys im Bungalow waren, legte sich die Mami hin und hat tief und fest geschlafen. So erschöpft war das Tierchen. Denn die jungen Hunde waren schon ziemlich flügge und diese befahrene Strasse eine große Gefahr für die Tiere.

Sie hat uns ganz und gar ihre Babys überlassen, sie wusste sie in Sicherheit und versorgt.

Abends sind wir mit Hundemami spazieren gegangen, damit sie ihr „Geschäft" erledigen konnte. Wir saßen zu Dritt vor dem Hund, nur die war gewohnt ohne Halsband und Leine pipi zu machen. Da half alles zureden nichts.

Am nächsten Tag hat uns eine Freundin mit ihrem Privatauto zum Flughafen gefahren. Die Dame aus Sylt fuhr mit dem Bus des Reiseveranstalters.

Vor Aufregung hatte sich die Hundemami übergeben und die ganze Box schwamm. Du liebe Zeit was können wir tun? Aber die Freundin wusste Rat und wir haben es geschafft die Box zu säubern und die Tiere wohlbehalten zum Flughafen zu bringen.

Wir wurden schon erwartet mit 3 Impfpässen. Ich sagte: darf ich mal sehen. Ich durfte. Da hat mich fast der Schlag getroffen. Da stand bei den Ausweisen der Babys als Geschlecht: weiblich. Nur die zwei Babys waren eindeutig männlich.

Ich habe ein Stoßgebet zum Himmel geschickt, dass während der Kontrolle die Kleinen liegen bleiben sollten. Denn es war nicht zu übersehen, männlich eindeutig.......

Mein Gebet wurde erhört und die kleinen Knuddelchen blieben liegen. Wir konnten der Dame auch ausreden, dass sie beide Boxen benutzt. Lieber ein bisschen eng für eine gewisse Zeit, aber zusammen. Denn das war ja nicht nur für uns Menschen ein Abenteuer, nein auch für diese Tierchen. Außerdem hat Hundemammi die zwei Babys noch etwas mit Milch versorgt.

Und das konnte ja nur beruhigend sein für die Kleinen.

Als wir die Tierbox auf das Transportband setzten hat uns die Hundemami angesehen mit großen verzweifelten Augen. Bei uns drei Frauen kullerten die Tränen und wir sind uns um den Hals gefallen. Dieser Blick! Hilfe! Ich kann das gar nicht so wiedergeben, dieser Blick hätte die härtesten Steine schmelzen lassen.

Alle sind gut in Hamburg angekommen. Die Tiere wurden in Empfang genommen. Nur wie jetzt weiterkommen von Fuhlsbüttel Flughafen nach Hamburg Altona zum Bahnhof für den Zug nach Sylt.

Da fiel der Dame ein, dass es ja die Bahnhofsmission gibt. Sie rief dort an, erklärte die Situation und bat um Hilfe.

Kurze Zeit später kam der Leiter der Mission mit dem Auto an, verfrachtete Gepäck, Tierbox und Frauchen im Auto und brachte sie wohlbehalten zum Bahnhof Altona.

Dort wurden die Tiere und das neue Frauchen gut versorgt und ein paar Stunden später ist das Quartett gut auf Sylt angekommen.

Die Tiere wurden dort im Tierheim erstmals in einer Quarantänestation untergebracht. In Sicherheit, gut versorgt und eine schöne Zukunft vor sich.

Viel später habe ich die Dame gefragt wie sie eigentlich zu den Impfpässen gekommen ist? Denn auch konnte ich mir nicht vorstellen, dass ein Tierarzt männlich und weiblich verwechselt. Da hat sie mir gestanden, dass die Pässe ohne die Tiere ausgestellt wurden.

Großer Gott, da war ich doppelt froh, dass die Tiere nun gut und wohlbehalten auf der Insel leben dürfen. Sie wurden natürlich geimpft, gründlich untersucht und ärztlich betreut.

Aber sie waren alle drei vollkommen gesund. Liebenswerte, glückliche Tiere.

Ein nettes Erlebnis hatten wir auch auf dem Flughafen von Heraklion auf einer Rückreise.

Durch die ganzen „Katastophen" muss man ja ziemlich früh am Flughafen sein und trödelt dann halt so rum.

Dabei fiel uns ein junges Pärchen auf mit einem Katzenkorb. Erst ging der junge Mann samt Katzenkorb auf die Herrentoilette. Kam zurück, es wurde beratschlagt, dann ging die junge Frau mit dem Körbchen auf die Damentoilette. Kam zurück, wieder wurde getuschelt.

Da konnte ich nicht mehr an mich halten und ging zu dem Paar hin.

In dem Katzenkorb saß eine allerliebste kleine Mieze mit blauem Halsbändchen. Das Paar erklärte uns, dass die Katze auf Toilette müsste, nur sie geht nicht auf die Menschentoiletten.

Ich empfahl einen großen Palmentopf als Katzentoilette zu missbrauchen. Dieser Topf stand einsam in einer Ecke und was macht das schon, so ein kleines Miezelchen.......Die Pflanze war vielleicht froh, dass sie etwas „Wasser" bekam. Sah ziemlich vertrocknet aus.

Glücklich zogen die zwei ab samt Katzenkorb. Nach einer Weile kamen sie zurück und strahlten, es hatte geklappt. Katze und „Katzeneltern" überglücklich.

Sie erzählten uns, dass ihnen diese kleine, süße Katze gleich am ersten Tag über den Weg gelaufen ist und sich regelrecht ihnen angeschlossen hatte.

Sie wollten eine Woche die Sonne Kretas genießen, konnten dies aber nicht wegen der ständigen Obsorge für die kleine Mieze. Am zweiten Tag sind sie samt Katze zum Tierarzt gefahren, haben diese impfen lassen, entwurmen, Katzenkorb gekauft, Halsbändchen dazu, Impfpass gekauft....... Und dann haben sie Tag und Nacht die kleine Katze bewacht, damit sie nicht doch noch abhaut.

Was soll ich ihnen sagen, die zwei waren käseweiß wie bei ihrer Anreise, überhaupt nicht erholt aber überglücklich mit der kleinen Mieze.

Alles Gute kleine Mieze und alles Gute auch euch zwei lieben Menschen.

Lustige Sachen haben wir auch erlebt mit unseren Freunden Edith und Ossi und dem kleinen, lieben aprikotfarbenen Pudel Babsi.

Lustig war schon wie wir uns so richtig kennen gelernt haben. Wir kannten uns, wie man so eben seine Nachbarn von der anderen Straßenseite kennt.

Hallo wie geht's? Na du süßer kleiner Pudel? Und so weiter.....

Also wir saßen im März 1980 in einem Hotel in Serfaus in Tirol beim Abendessen. Da kam der Kellner Alois zu uns und sagte: das Hotel ist ausgebucht, sie müssten noch zwei Gäste an unseren Tisch setzten. Kein Problem, selbstverständlich.

Ich löffelte gerade meine Suppe, schaute hoch, dachte ich träume. Die zwei Leute die da kommen kenne ich und den kleinen, süßen Pudel auch! Nein das ist eine Halluzination! Löffelte wieder meine Suppe, schaute noch mal.........

Da waren es tatsächlich Edith, Ossi und Babsi, die Nachbarn von der anderen Straßenseite von Grötzingen die auf uns zukamen.

So ein Zufall! Aber nein es gibt keine Zufälle, das war Bestimmung.

Was soll ich ihnen sagen, wir haben fast Tag und Nacht zusammen verbracht. So manche Flasche Gumpoldskirchner geleert und waren von da an ein Herz und eine Seele. Und seit dieser Zeit richtig innig verbundene Freunde. Auch wenn wir uns nicht ständig sehen können.

(Gott-Sei-Dank gibt es E-Mail und ich bombardiere unsere Freunde fast täglich damit.)

Wir haben die Hoteliersfrau gefragt ob sie uns absichtlich zusammengesetzt hatte beim Abendessen. Sie schaute uns mit großen Kulleraugen an, verstand nicht ganz was wir meinten. Da kramte sie die Anmeldungen hervor und sah, dass wir die gleiche Adresse hatten, außer der Hausnummer natürlich.

Sie hatte nicht daran gedreht und Schicksal gespielt. Nein es war Bestimmung, Kismet oder wie immer man das nenne mag. Jedenfalls DANKE Schicksal, dass wir diese zwei lieben Menschen kennen lernen durften.

Peter und Ossi haben Alois den Kellner immer reingelegt, wenn es einen ganz besonders guten Nachtisch gab – also täglich.

Sie putzen immer ganz sauber die Dessertlöffelchen, oder Gäbelchen, stellten das schmutzige Dessertgeschirr auf den Nachbartisch und schauten Alois „very strict" an, so nach dem Motto: wo bleibt unser Nachtisch Aloisius! Aloisius!

Dieser stutzte 3 bis 4 Mal und servierte den beiden Spitzbuben einen Nachtisch. Wir mussten alle Vier aufpassen, dass wir uns durch unser Lachen nicht verraten haben.

Viele Jahre später haben wir Alois den Trick verraten. Er schmunzelte von einem Ohr zum anderen, erinnerte sich gerne daran und erzählte uns, dass er beim ersten Mal wirklich glaubte die zwei Spitzbuben vergessen zu haben. Unsere zwei Lauser freuten sich jeden Abend diebisch über den zweiten Nachtisch.

Nach dem Skifahren trafen wir uns in unserem Hotel im Cafe zum Apreski.

Babsilein lag auf ihrer Kuscheldecke auf der Eckbank, schlummerte und träumte von schönen Dingen. Als plötzlich der Alleinunterhalter auf seinem Keyboard ABBA spielte.

Babsi liebte ABBA und sang da auch immer mit. Also Babsi hörte ABBA, stand auf, spitzte die Öhrchen und sauste los zum Musikanten. Setzte sich neben ihn, machte Männchen, Öhrchen nach hinten, Schnäuzchen auf und sie sang lauthals mit.

Das ganze Cafe verstummte, Kellner blieben mit den Getränken und Kuchen auf den Tabletts stehen, jeder schaute auf den süßen Hund. Der so schön singen konnte.

Das Lied war zu Ende, Babsi kam angesaust, kuschelte sich wieder auf die Decke und war einfach nur glücklich.

Kurze Zeit darauf spielte der Musiker wieder einen Titel von ABBA. Das Gleiche von vorne, Babsi sauste wie der Blitz nach vorne auf die Bühne und sang aus voller Seele mit.

Später sahen wir die Kellner dem Musiker ein Getränk um das andere auf das Klavier stellen um ihn zu bestechen ABBA zu spielen. Alle wollten den süßen Hund singen sehen.

Der Musiker konnte die Getränke alle gar nicht trinken, sonst wäre es vorbei gewesen mit dem musizieren.

Erst dachten unsere Freunde der Hund hätte Schmerzen, weil er bei ABBA immer mitgesungen hat. Aber der Tierarzt gab Entwarnung. Nein es machte dem Tierchen einfach Spaß zu singen und ABBA-Songs waren der Renner und die Lieblingsmusik vom Hundilein.

Ja das süße Babsilein, dieses liebe Tierchen.

Sie hatte einen kleinen Ball aus Vollgummi der so schön durch das Haus „flutschte". Irgendwer hat den Namen Hopfi für den Ball kreiert.

Für Babsi hat so eine Turnstunde durchs Haus mit dem Hopfi ihren Spaziergang ersetzt. Sie konnte sich so total verausgaben.

Und später tauften wir unseren lieben Ossi auch auf den Namen „Hopfi", weil er sich so schön herrlich freuen kann und dann auch wie so ein Hopfi umhersaust.

Während ich diese Zeilen schreibe kämpft unser Ossi mit einer heimtückischen Krankheit die ihn so hinterrücks, arglistig überfallen hat. Ich zünde ab und zu eine Kerze an und bete, dass er alles gut überstehen wird.

Das ist der Preis unserer Zivilisation, egal ob Tier oder Mensch. Fast alle unserer Tiere sind auch von einer heimtückischen, hinterhältigen Krankheit angefallen worden – Krebs. Nur unsere 1.gemeinsame Katze Tina ist ohne irgendwelche Krankheit friedlich eingeschlafen.

Gut, dass man nicht weiß was auf einen zukommt!

Mit Kranksein haben wir so unsere Erfahrungen gemacht. Wir waren zu einem Kurzbesuch bei meiner Familie hier in Tirol und mussten am nächsten Tag wieder zurück nach Hamburg.

Ich wollte unbedingt einen schönen Nachmittag im Tiefschnee erleben und wir fuhren nach Seefeld. Wir parkten bei der berühmten Kirche, die man von jeder Postkarte kennt.

Ich stieg aus. Peter sagte zu mir, schau was unter dem Auto sitzt. Eine Katze!

Na, du Mieze, sprach ich das Tierchen an. Es kam auf mich zu, schnurrte so laut wie ein Traktor und ich sah zu meinem Entsetzten, dass das Tierchen eine böse Wunde hatte.

Ich nahm sie auf und ging zum Hotel auf der anderen Straßenseite.

Die Dame an der Rezeption sagte zu mir: ja das Viech kennen wir, die sollte erschossen werden vor drei Wochen, aber man hat sie verfehlt. Vor drei Wochen, halleluija! Und sie haben es nicht nötig gehabt diesem Tier zu helfen? Na isch ja nur a Viech.

Hätte ich nicht die Katze auf dem Arm gehabt, ich glaube ich hätte dieses „Weib" …….

Wir ins Auto nur wohin jetzt mit dem Tierchen. Die kuschelte sich an mich und schnurrte, schnurrte……..und war soooo dankbar, dass ihr nun jemand endlich hilft.

Da war ein älterer Mann auf der Straße der versuchte die Gullis frei zu schöpfen, damit das Schmelzwasser ungehindert abfliesen konnte. Dieser Herr wusste Rat und erklärte uns wie wir zum Haus einer ganz engagierten Tierfreundin kommen konnten.

Wir fuhren dahin, nur die Dame hatte sich irgendetwas gebrochen und wurde kurz vor unserem Eintreffen mit der Rettung ins Krankenhaus gebracht und musste wahrscheinlich operiert werden und fiel für mehrere Wochen aus. Eine liebe Nachbarin hat sich schon um die vielen Tiere der Tierfreundin gekümmert und diese erzählte uns auch von dem Unfall.

Aber sie wusste einen Rat für uns. Sie rief den Tierarzt in Seefeld an und erklärte die Situation. Dieser empfahl, dass wir die Katze vorbeibringen sollten.

Dies haben wir auch gemacht. Der Tierarzt nahm sich der Katze an und kannte auch den Bauern der dieses liebe Geschöpf erschießen wollte und von dem Bauernhof stammte auch die Mieze.

Er sagte zu uns, na jetzt ist er aber reif. Lassen sie die Katze ruhig hier bei uns, wir kümmern uns darum.

Na Gott-Sei-Dank hatten wir jemanden gefunden, der sich um das arme Tierchen kümmern konnte. Ich hoffe, dass der Bauer irgendeine Strafe bekommen hat oder zumindest einen Denkzettel. Und hoffentlich konnte man diese liebe Katze noch retten. Denn die Wunde sah schon ziemlich schlimm aus. Drei Wochen lang lief dieses arme Katzenmädchen im tiefsten Winter herum und KEINER hat ihr geholfen.

Für mich bricht da immer eine Welt zusammen und ich bin zutiefst entsetzt über die Kälte der Menschen. Zivilcourage hat heute sowieso fast niemand mehr.

Es wurde nun nichts aus meinem Spaziergang im Tiefschnee. Denn mittlerweile war die Sonne untergegangen und es wurde bitterkalt. Außerdem musste ich ja noch Koffer packen, denn morgen ganz früh ging es wieder zurück nach Hamburg.

Zutiefst entsetzt war ich auch eines Morgens mitten in einer Tiroler Stadt.

Ich nahm einen ganz anderen Weg vom Bus zu meiner Arbeitsstelle.

Trödelte etwas, sah da in ein Schaufenster, betrachtete hier etwas Schönes.

Plötzlich sah ich einen Sandler, wie man hier Obdachlose nennt, im Eingangsbereich eines Geschäfts liegen.

Ich habe genauer hingesehen, denn irgendwie kam mir dieser arme Mensch komisch vor und ich dachte mir – der braucht Hilfe.

Aber für den kam leider jede Hilfe zu spät. Er war verstorben.

Ich bin so schnell ich konnte zur nächsten Polizeistation gelaufen. Denn Handys gab es zu dieser Zeit nicht so verbreitet wie heute.

Die jungen Polizisten waren sehr, sehr nett und sind sofort zu dem Geschäft gelaufen.

In meiner Mittagspause habe ich mich erkundigt, ob man dem armen Mann wirklich nicht mehr helfen konnte. Nein, es war zu spät.

Da bekam ich eine Gänsehaut. Nicht dass mich der Tod erschreckt hätte, nein, es waren die vielen, vielen Menschen die achtlos an dem Mann vorbei gegangen waren und sich dachten: na der ist ja eh nur besoffen.

Eines Morgens hatte ich auch ein Erlebnis – da ging es auch um Leben und Tod.

Ich ging wieder mal einen anderen Weg vom Bus zu meiner Arbeitsstelle. Es regnete in Strömen. Da sah ich nahe am Randstein auf der Straße einen kleinen Spatz sitzen. Völlig orientierungslos und benommen.

Ich nahm den kleinen Piepmatz in meine Hand, in der anderen den Regenschirm und wusste nun so auf die Schnelle keinen Rat was ich mit dem Spatz machen sollte.

Da sagte zu mir ein junger Mann. Da drüben ist ein Tierarzt. Keine 20 m entfernt von der Stelle wo ich nun stand.

Also gut, sehr gut. Ich da hin. Leider hatte dieser Tierarzt erst ab 9 Uhr Sprechstunde und auch auf mein Klingeln hat keiner geöffnet.

Nun war guter Rat teuer. Denn ich hatte leider keine Vorgesetzten die sich durch Tierliebe ausgezeichnet hätten. Nein leider im Gegenteil, die hatten allesamt keine soziale Kompetenz.

Weder für Tier noch Mensch!

Also bin ich in einen Innenhof marschiert und habe den kleinen Piepmatz so auf 1,80 m auf eine Efeuwand gesetzt. Schön geschützt vor dem prasselnden Regen, sicher vor eventuellen Katzenattacken und für Menschen unsichtbar.

Mittags habe ich Vogelfutter gekauft und bin schnellen Schrittes zu der Stelle gegangen wo ich das Findelkind hingesetzt hatte.

Zu meiner großen Freude war der Piepmatz weg. Es lagen auch keine Federn herum, also hat der Spatz seinen Weg zurück zu seiner Familie gefunden.

Ich vermute er ist gegen ein Auto geflogen und war deshalb ganz benommen. Hatte aber keine inneren Verletzungen gehabt.

Ich bin immer glücklich wenn so ein Abenteuer einen guten Ausgang hat.

Keinen guten Ausgang hatte ein „Unglücksrabe". Wir kamen gerade heim vom Büro. Es war ein Freitagnachmittag. Da sah ich einen ganz winzig kleinen Vogel auf der Straße sitzen. Er saß in der Mitte der Fahrbahn, so dass die Autos über ihn drüber hinweg donnerten. Peter musste das Auto SOFORT anhalten. Ich lief zurück, stoppte dabei ein paar Autofahrer und hob den kleinen Vogel hoch.
Der ganze Körper zitterte und bebte. So einen kleinen Vogel, mit so eigenartigen Federchen hatte ich noch nie gesehen.

Zuhause angekommen setzte ich den Piepmatz ins Bad. Da war er sicher vor unseren Katzen. Ich kann die Vögel an einer Hand abzählen, die unsere "Mädels" gefangen und gefressen hatten im Laufe ihres Lebens. Doch die Hand hätte ich nicht ins Feuer gelegt.

Fische waren die bevorzugte Beute unserer Katzen. Denn die Fische hörten die Glocke am Halsband nicht. Die kamen noch neugierig an den Rand des Teiches geschwommen und wurden dann leider gefangen und verspeist. Im Besonderen von unserer Meisterfischerin Chicca.

Ich bin schnell in den Garten gegangen und habe gegraben und gegraben nach Regenwürmern für den kleinen Schatz.

Peter kam mir zu Hilfe. Ich ekle mich vor Regenwürmern, obwohl ich weiß wie nützlich sie sind. Aber so ausgraben und anfassen, pfui Teufel.......

Nur die Regenwürmer waren allesamt größer als der kleine Vogel.

Da kam ich auf die Idee und habe im Alpenzoo angerufen. Man hat mich an die Vogelkennerin des Zoos weitergereicht. Dieser Frau habe ich das Aussehen des kleinen Piepmatzes geschildert. Die rief freudig aus: das ist ein Wintergoldhähnchen. Oh bitte können sie das Tierchen zu uns bringen. Wir haben eines hier, ein zweites wäre gut, bitte....

Ja klar ich konnte. Ich setzte das Wintergoldhähnchen auf ein warmes, weiches Handtuch in einen Korb und los ging es.

Als ich in der Stadt angekommen war musste ich an einer roten Ampel stehen bleiben.

Vorsichtig schaute ich in den Korb. Aber zu meiner großen Verzweiflung war der kleine Vogel gestorben.

Ich habe im Alpenzoo Innsbruck angerufen und die traurige Botschaft überbracht. Die nette Vogelkennerin sagte zu mir, dass der Vogel schon irgendwie was gehabt haben musste, sonst hätte er den Transport gut überstanden.

Naja er saß ja mitten auf der Fahrbahn und wer weiß wie viele Autos schon so über ihn gefahren sind. Auch wenn er da in der Mitte der Fahrbahn in Sicherheit war um von den Reifen überrollt zu werden, aber einen Schock muss das doch erlitten haben.

Ich stelle mir das so vor, wenn ich da mitten auf der Fahrbahn liegen würde und LKW's würden so über mich donnern. Alleine schon der Geräuschpegel, dann das Größenverhältnis, du liebe Zeit......

Aber eines verstehe ich wiederum nicht, warum ist kein Autofahrer stehen geblieben und hat den kleinen Piepmatz in Sicherheit gebracht? Er muss ihn ja gar nicht mit nach Hause nehmen und für ihn Regenwürmer ausgraben. Die er übrigens verschmäht hatte.

Ein Regenwurm war im Größenverhältnis zu dem überaus kleinen Vogel ein Riese.

Was es doch für viele verschiedene Tiere und Gattungen gibt. Zum Teil habe ich noch nicht einmal die Namen gehört, wie Wintergoldhähnchen. Gibt es eigentlich auch ein Sommergoldhähnchen...? Ich muss jetzt Schluss machen und in einem Tierlexikon nachsehen. Frühlingsgoldhähnchen, Herbstgoldhähnchen......????????????

Wieder einige Jahre später, wir haben 1 Jahr auf Kreta gelebt und hatten auch dort viele Erlebnisse mit verschiedenen Tieren.

Eines Tages kam ich vom Einkaufen nach Hause. Es herrschte eine aufgeregte Stimmung. Was war geschehen? Tommy und Elli, die uns unsere Chicca vom Himmel aus geschickt hatte, lagen ganz friedlich im Garten. Tommy im Schatten und Elli mit dem Köpfchen im Schatten, den Bauch in der Sonne auf den Marmorplatten. Da spazierte ein großes giftgrünes Tier durch den Garten. Tommy war auf 180 von 0 auf gleich, Elli ebenso. Die rote Erde staubte, die Jagt war eröffnet. Peter saß im Wohnzimmer am PC und wurde natürlich durch die Hektik im Garten aufmerksam. Er fing unsere Miezen ein, was natürlich kein leichtes Unterfangen war. Zwei Katzen im Jagdfieber – juhuuuuu…..Aber es gelang ihm. Und er machte sich gleich daran um zu googeln um was für ein Tier es sich bei dem giftgrünen Vieh handelte.

Zum Glück war es eine ungiftige, seltene Riesen-Smaragdeidechse. Er war erleichtert. Sie könne zwar beißen, aber zum Glück besitzt sie kein Gift.

Gott war ich froh, dass ich nicht zuhause war. Ich glaube ich wäre unfähig gewesen unsere Strolche einzufangen, starr vor Schreck über dieses Urzeit-Vieh. Solche Tiere kennt man bei uns im Norden nicht.

Jetzt im Nachhinein kann ich sagen, schön dass es solche außergewöhnlichen Tiere noch gibt. Und hoffentlich können sie überleben. Der Mensch zerstört ja ständig den Lebensraum für diverse Tierarten.

Ein kleinwüchsiger schwarz/weißer Kater gesellte sich zu uns. Er gehörte unseren Vermietern in Sternes auf Kreta. Er liebte es am Fuße unseres Bonsais zu schlafen. Das

Moos war weich, die Krone des kleinen Baumes spendete ihm Schatten und er hatte unsere Haustüre und den Garten im Blickfeld. So konnte er unsere Zwei, Tommy und Elli, beobachten und übersah auch nicht wenn ich mit seinem Fressnapf ankam. Er war ein liebes Tier und wir nannten ihn James Bonsai.

Viele Kätzchen und Katzen waren in Marathi, einer wunderbaren Bucht, direkt am Meer anzutreffen. Täglich besuchten wir diese Strolche und versorgten sie mit Futter. Auch haben wir uns um das Kastrieren der weiblichen Tiere gekümmert. Es war jeden Tag ein gutes Gefühl, diese Tiere gut zu versorgen.

Aber es leben in der kleinen Bucht am Meer sehr tierliebende Menschen. Arme Leute die sich ihr Brot mit den Tieren teilen. Viele alte Leute leben in dem kleinen Dorf und wir sind dankbar, dass sie uns so herzlich aufgenommen haben.

Es fiel mir besonders schwer wieder zurück nach Tirol zu kehren. Aber die wirtschaftlichen Verhältnisse in Griechenland wurden immer schlimmer.

Aber darüber erzähl ich in einem neuen Buch. Auch wie wir zu unserer griechischen Prinzessin kamen.

Also bis bald.